تريندز للبحوث والاستشارات
TRENDS RESEARCH & ADVISORY

اتجاهات السياسة الأمريكية في عهد الرئيس جو بايدن

تفكيك وتحليل الأيام المئة الأولى من حكم الرئيس

ستيفن بلاكويل

جاستين بي داير

جيمس إيه راسل

يوسي ميكلبيرغ

تشينج لي

اتجاهات استراتيجية (6)

يونيو 2021

نبذة عن

مركز تريندز للبحوث والاستشارات

يُعد مركز «تريندز للبحوث والاستشارات» مؤسسة بحثية مستقلة، تأسس عام 2014، ويهتم باستشراف المستقبل في جوانبه الاستراتيجية والسياسية والاقتصادية، وتتبع القضايا العالمية المختلفة. كما يهدف المركز إلى تحليل الفرص والتحديات على مختلف الصُّعُد الجيوسياسية الراهنة، وما تحمله من متغيرات محتملة، مع محاولة إيجاد إجابات وتفسيرات علمية وموضوعية من شأنها المساهمة في التأثير في اتجاهات الأحداث مع مراعاة نواحي التحليل والنقد والاستشراف.

ويقدّم المركز، من أجل تحقيق غاياته العلمية، دراسات رصينة ذات أبعاد استشرافية مستقبلية، ويطرح أفضل البدائل الممكنة لمساعدة صنّاع القرار في معرفة التطورات الإقليمية والدولية بشكل أعمق، والاستفادة مما توفره من فرص. كما يقوم المركز برصد الاتجاهات والتغييرات الاستراتيجية والاقتصادية والإقليمية والدولية، والتنبؤ بآثارها المستقبلية، وذلك وفق الضوابط العلمية المتعارف عليها دولياً لدى أعرق مراكز التفكير والبحث العلمي.

قائمة المحتويات

ملخص

إن تقييم الأيام المئة الأولى من إدارة الرئيس الأمريكي جو بايدن ليس حُكماً نهائياً على طريقة حكمه بأي حال من الأحوال، بل يلقي بعض الضوء على الوجهة التي تسير نحوها إدارته. وكثيراً ما يُشار إلى الأيام المئة الأولى باسم «فترة شهر العسل»، وقد انتهت الآن، وتعهّد بايدن بإعادة مكتب الرئاسة إلى المكانة التي كان يتمتع بها قبل تولي سلفه دونالد ترامب المنصب.

ركزت العديد من قرارات بايدن التنفيذية على مكافحة فيروس كورونا المستجد «كوفيد-19»، ولكن معظم خطة عمله أو أجندته الخاصة بالسياستين الداخلية والخارجية تختلف أسلوباً وجوهراً عن خطة الرئيس السابق دونالد ترامب.

سوف تدرس هذه المجموعة من الدراسات، التي كتبها خبراء دوليون معروفون، التحديات التي تواجه الرئيس بايدن وتقدم توقعاتٍ بشأن أربع مجالات سياساتية رئيسية، هي: طبيعة التغيرات التي شهدتها أو يتوقع أن تشهدها السياسة الداخلية الأمريكية، وعلاقات واشنطن مع كل من روسيا، والصين، والشرق الأوسط. ويناقش المؤلفون توجهات السياستين الداخلية والخارجية للرئيس بايدن ويقدمون بعض التوقعات حول التداعيات المحتملة التي ربما تأتي من هذه السياسات أو تنشأ عنها.

مقدمة

ستيفن بلاكويل

منـذ أن أدى جوزيـف بايـدن اليمـين الدسـتورية في 20 ينايـر 2021 بصفتـه الرئيـس الـ 46 للولايـات المتحـدة، وفَّـرت أيامـه المئة الأولى أدلـة وافيـة عـلى هدفـه الطمـوح والتغيـيري مـن خـلال وعـده بالتحكـم في المسـتقبل. فبعـد خـوض معركـة انتخابيـة مريـرة، ورث الرئيـس الجديـد أمـةً أصابهـا وبـاء «كوفيـد-19» بصدمـة، حيـث أودى بحيـاة أكـثر مـن نصـف مليـون نسـمة. كـما ورث انقسـامات مجتمعيـة عميقـة انعكسـت في التفاوتـات الهائلـة في الحصـول عـلى التعليـم، وفي الثـروة وفـرص العمـل والرعايـة الصحيـة والبنيـة التحتيـة. وبعـد ثلاثـة أشـهر في المنصـب، أصبـح واضحـاً أن أجنـدة بايـدن الداخليـة أكـثر راديكاليـةً مـما توقـع الكثـيرون، رغـم أنه يواجـه صراعـاً طويـلاً لنـزع المـرارات الناتجـة عـن الخصومـات السياسـية الأمريكيـة.

رغـم أن كثـيرين كانـوا يتوقعـون أن يكـون بايـدن رئيسـاً وسـطياً مسـتعداً للسـعي إلى تحقيـق إجـماع بـين الحزبـين مـا أمكـن، فـإن أيامـه المئـة الأولى في المنصـب كشـفت أن أجندتـه الداخليـة سـتكون أكـثر راديكاليـةً مـما كان متوقعـاً. ويـرى بعـض المراقبـين أن الإدارة الحاليـة تحكـم بطريقـة تُذكِّـر بالشـعبوية الاقتصاديـة التـي انتهجهـا الرئيـس فرانكلـين ديلانـو روزفلـت في «الصفقـة الجديـدة» في ثلاثينيـات القـرن العشريـن. فقـد أعلـن بايـدن، في أواخـر مـارس المـاضي، أنـه ينـوي «تغيـير النمـوذج» مـن خـلال حزمـة طموحـة مـن الإصلاحـات، بغـض النظـر عـما إذا كان يمكنـه الاعتـماد عـلى دعـم الجمهوريـين أم لا [1].

تتمثـل الأداة الأساسـية لتحقيـق أجنـدة إدارة بايـدن في الحزمـة الماليـة البالـغ قدرهـا 1.9 تريليـون دولار والمخصصـة لمكافحـة تداعيـات وبـاء كورونـا المسـتجد «كوفيـد-19» المدمـرة وإعـادة تنشيـط الاقتصـاد الأمريكـي. وعنـد التوقيـع عـلى واحـدة مـن أكـثر حـزم الإنقـاذ الاقتصـادي تكلفـةً وتحويلهـا إلى قانـون، أعلـن بايـدن أن «هـذا التشـريع التاريخـي يتعلـق بإعـادة بنـاء العمـود الفقـري لهـذه البـلاد وإعطـاء شـعب هـذه الأمـة والعـمال وأفـراد الطبقـة الوسـطى، الأشـخاص الذيـن بنـوا

---

1. "Biden Changes His Own 'Paradigm,'" *New York Times*, March 29, 2021, https://www.nytimes.com/2021/03/29/us/politics/joe-biden.html.

الدولـة، فرصـة للنجـاح»[2]. ويسـعى بايـدن إلى الحصـول عـلى المزيـد مـن تريليونـات الـدولارات أيضـاً لتمويـل أجنـدة «إعـادة البنـاء عـلى نحـو أفضـل» التـي سـتضخ اسـتثمارات ضخمـة في تكنولوجيـا النطـاق العريـض ومشروعـات البنيـة التحتيـة، بمـا فيهـا الطـرق والسـكك الحديديـة والجسـور، إلى جانـب التكنولوجيـات الخضراء والطاقـة النظيفـة. وتُعد هـذه الخطـة جـزءاً لا يتجزأ مـن هـدف الإدارة الجديـدة المعلَـن المتمثل في الاقتصـار عـلى اسـتخدام مصـادر الطاقـة الخاليـة مـن الكربـون لتوليـد الكهربـاء وإمدادهـا لـكل الولايـات المتحـدة بحلـول عـام 2035. كـما ينـوي البيـت الأبيـض إدخـال إصلاحـات طموحـة في قطاعـات الرعايـة المنزليـة ورعايـة الأطفـال والتعليـم.

يعمـل بايـدن عـلى التوسـع في دور الحكومـة الفيدراليـة في الحيـاة العامـة عـلى نحـو ربـما يكـون غـير مسـبوق منـذ عـصر «الصفقـة الجديـدة». وكان السـؤال الرئيـسي هـل يسـتطيع الرئيـس الجديـد التغلـب عـلى الانقسـامات العميقـة في المجتمـع الأمريـكي، التـي تجلـت في الحملـة الانتخابيـة الشرسـة والتنـازع المريـر عـلى نتائجهـا، وازدادت كثافـة باقتحـام مبنـى الكابيتـول في واشـنطن العاصمـة في 6 ينايـر المـاضي. وتتمثـل أحـد أهـداف بايـدن الرئيسـية في إعـادة ثقـة الأمريكيين بالحكومـة الفيدراليـة باعتبارهـا أداة للتغيـير الإيجـابي ويمكـن أن تتدخـل بفعاليـة لدعـم المحتاجـين وحمايتهـم. يـرى جاسـتن بي دايـر في الفصـل الـذي كتبـه، أن إدارة بايـدن تسـعى إلى تنفيـذ إصلاحـات مجتمعيـة واقتصاديـة جريئـة وواسـعة النطـاق في أثنـاء سـيطرتها عـلى مجلسيْ النـواب والشـيوخ قبـل انتخابـات مجلـس الشـيوخ النصفيـة في نوفمـبر 2022. ويعتقـد الرئيـس الجديـد وفريقـه أن أمامهـم فرصـة نـادرة لإصلاح الحكومـة الفيدراليـة والمجتمـع الأمريـكي عـلى نحـو جـذري، وذلـك مـن خـلال أجنـدة تتضمـن رؤى متأصلـة في سياسـة القـرن العشريـن التقدميـة.

في السياسـة الخارجيـة، نـأى بايـدن بنفسـه عـن نهـج ترامـب القائـم عـلى الصفقـات المتبادلـة، وأكـد الأهميـة الأيديولوجيـة لقيـادة الولايـات المتحـدة للـدول الديمقراطيـة. كـما أنـه جعـل، إلى حـدٍّ مـا، مـن الحنـين عنصراً في السياسـة الأمريكيـة حيـث نهـج بايـدن إلى أن البـلاد قـادرة عـلى ممارسـة دور قيـادي يتوافـق مـع الصـورة الذاتيـة لنخـب واشـنطن السياسـية خـلال الحـرب البـاردة والمحافظـين الجـدد المتنفذيـن في العقـد الأول مـن القـرن الحـادي والعشريـن. ويختلـف

---

2. "Remarks by President Biden at Signing of the American Rescue Plan," The White House, March 11, 2021, https://www.whitehouse.gov/briefing-room/statements-releases/2021/03/11/remarks-by-president-biden-at-signing-of-the-american-rescue-plan/.

نهـج بايـدن عـن سـلفه في تركيـزه عـلى الدبلوماسـية وبنـاء التحالفـات أكـثر مـن تركيـزه عـلى إبـراز القـوة العسـكرية.[3]

مـع ذلـك، اتخـذ الرئيـس بايـدن موقفـاً أشـد صرامـة مـما توقـع الكثيرون إزاء مجموعـة مـن القضايا. فقـد اعتـبرت الإدارة الجديـدة الصـين شريكـاً حيويـاً محتمـلاً في معالجـة التحديـات العالميـة، مثل التغـير المناخـي، والمنافـس الرئيـسي للولايـات المتحـدة عـلى السـاحة الدوليـة. وعـلى الرغـم مـن أن بايـدن سـمح بالمحادثـات المباشرة بـين الولايـات المتحـدة والوفـود الصينيـة في ألاسـكا، فإنـه أبقـى عـلى التعرفـة الجمركيـة التـي فرضهـا ترامـب عـلى الصـين، ودان سياسـات بكـين في هونـغ كونـغ وإقليـم شـينجيانغ، ولمّـح بزيـادة الدعـم لتايـوان. ويشـير الفصـل الـذي كتبـه الدكتـور تشـينج لي إلى درجـة كبـيرة مـن الاسـتمرارية بـين ترامـب وبايـدن مـن حيـث السياسـات الأمريكيـة الأشـد صرامـة تجـاه الصـين. وبالنظـر إلى دروس التاريـخ والحقائـق الجديـدة لسياسـة القـوى العظمـى، لا بـد للقوتـين العالميتـين الرائدتـين أن تكونـا عـلى حـذر مـن خطـر أن تـؤدي المواجهـة بينهـما إلى كارثـة.

بغـض النظـر عـن الصـين، فقـد فـرض البيـت الأبيـض عقوبـات عـلى روسـيا رداً عـلى الهجـمات السـيبرانية المزعومـة وتدخُّـل موسـكو في الانتخابـات الرئاسيـة الأمريكيـة الأخـيرة، كـما وصـف بايـدن الرئيـس الـروسي فلاديمـير بوتـين بأنـه «قاتـل»، وذلـك في تصريحـات أدلى بهـا لوسـائل الإعـلام. وتؤكـد مسـاهمة البروفيسـور يـوسي ميكلبـيرغ في هـذه المجموعـة مـن المقـالات عـلى أن سياسـة الولايـات المتحـدة تجـاه روسـيا سـيتم تأطيرهـا في سـياق تركيـز متجـدد عـلى منظمـة حلـف شـمال الأطلـسي (الناتـو) بوصفـه قيمـة تحالفيـة بقـدر مـا هـو قـوة عسـكرية؛ ففـي الأشـهر الأولى مـن الرئاسـة، تخلـص بايـدن بـلا شـك مـن العلاقـة الشخصيـة الواضحـة بـين ترامـب وبوتـين، حيـث تـرى الإدارة الجديـدة أن الكرملـين عـازمٌ عـلى تقويـض النظـام القانـوني الـدولي عندمـا يمكنـه ذلـك، في حـين يقـوم بعمليـات سـرية مصممـة لإضعـاف الولايـات المتحـدة وحلفائهـا الغربيـين وتقسـيمهم أيضاً.

يـرى جيمـس إيـه راسـل، في الفصـل الـذي كتبـه، أن مـن المرجّـح أن يكـون إنهـاء «الحـروب الأبديـة» في الـشرق الأوسـط وجنـوب آسـيا، وتعزيـز القيـم الديمقراطيـة، هـي محـور تركيـز أسـاسي لـلإدارة الجديـدة. وفيـما يتعلـق بأولويـات السياسـة الإقليميـة العاجلـة، فمـن المرجّـح أن تكـون فرصـة

---

3. Ronald W. Preussen and Matthieu Vallieres, "Joe Biden's first 100 days: A nostalgia for past foreign policy bravado?" *The Conversation*, April 26, 2021, https://theconversation.com/joe-bidens-first-100-days-a-nostalgia-for-past-foreign-policy-bravado-158750.

المنـاورة الأوليـة المتاحـة للرئيـس بايـدن في العلاقـات مـع إيـران محـدودة للغايـة بسـبب الإرث الـذي خلّفـته فـترة وجـود ترامب في البيت الأبيـض. لقد تعهَّد بايدن باتّبـاع نهـج أكـثر تعدديـة في السياسـة الخارجيـة الأمريكيـة، ووفـاءً بذلـك التعهـد دخـل بايـدن في التفـاوض عـلى إعـادة انضمـام الولايـات المتحـدة إلى خطـة العمـل الشـاملة المشـتركة (الاتفـاق النـووي الإيـراني) وانخـرط مجـدداً في التعاطـي مـع إيـران مـن خـلال المحادثـات التـي تجـري في فيينـا عـلى المسـتوى الرسـمي بشـأن البرنامـج النـووي الإيـراني. ولكنـه، مـع ذلـك، أبقـى عـلى العقوبـات التـي فرضهـا ترامب عـلى إيـران، ورفـض رفعهـا كشـرط مسـبق للمفاوضـات المباشـرة مـع الحكومـة الإيرانيـة. وينبغـي للرئيـس الجديـد أن يتعامـل بحـذر مـع هـذه القضيـة، نظـراً إلى حاجـة برنامجـه الداخلـي إلى الدعـم مـن قِبَـل أعضـاء الكونغـرس الديمقراطيـين والجمهوريـين الـذي ظلـوا عـادةً يتخـذون نهجـاً متشـدداً تجـاه إيـران. كـما أن الأولويـات الداخليـة تشـير إلى أن مـن غـير المرجـح أن تقـدِّم إيـران أي رد قاطـع عـلى العـروض والمقترحـات الأمريكيـة قبـل إجـراء الانتخابـات الوطنيـة في يونيـو 2021 [4].

يشـير راسـل أيضـاً إلى أن طمـوح بايـدن إلى إعـادة ضبـط علاقـات الولايـات المتحـدة مـع شركائها العـرب الرئيسـيين في دولة الإمـارات العربيـة المتحـدة والمملكـة العربيـة السـعودية ومصر سـيكون مقيّـداً بالظـروف الجيوسياسـية والتـزام بـلاده العريـق بالدفـاع عـن حلفائهـا الإقليميـين الرئيسـيين أيضـاً. وعـلى الرغـم مـن أن البيـت الأبيـض يسـعى سـعياً حثيثـاً إلى حـل النـزاع الدائـر في اليمـن، فـإن الولايـات المتحـدة ستسـتمر في مـد هـذه الـدول بالأسـلحة والاحتفـاظ بعلاقاتهـا الاسـتخبارية والأمنيـة معهـا. وفيـما يتعلـق بإسرائيـل، سيسـعى بايـدن إلى إضافـة مزيـد مـن الزخـم في اتجـاه إضفـاء الطابـع الرسـمي عـلى العلاقـات الإسرائيليـة- العربيـة التـي أفضـت إليهـا اتفاقيـات إبراهيـم. وعـلى الرغـم مـن أن الإدارة الأمريكيـة الجديـدة تفضل حـل الدولتـين عـلى الصعيـد الرسـمي، فمـن المسـتبعد أن تمـارس ضغوطـاً إضافيـة عـلى إسرائيـل لكـي تعـترف رسـمياً بدولـة فلسطينيـة.

إن إمكانيـة أن تحـدّ الحقائـق الإقليميـة مـن تعزيـز القيـم قـد تُمـلي عـلى الإدارة الأمريكيـة الجديـدة كيفيـة إنهـاء الالتزامـات العسـكرية في مناطـق مثـل أفغانسـتان. ويـرى بعـض المهتمـين أن الخطـوات الأوليـة التـي اتخذهـا بايـدن لإنهـاء النزاعـات طويلـة الأمـد التـي تشـارك فيهـا القـوات الأمريكيـة المتبقيـة هنـاك ليسـت إلا تفكيـراً فيـما يرغـب فيـه دون أن تعنـي أنها خيـاراً اسـتراتيجياً، والسـبب

---

4. Michael Hirsh, "US Mounts All-Out Effort to Save Iran Nuclear Deal," *Foreign Policy*, April 15, 2021, https://foreignpolicy.com/2021/04/15/iran-nuclear-deal-biden-talks-vienna/.

هـو أن الإرهابيـين الإسـلامويين المتطرفـين يشـكلون تهديـداً متعـدد الأوجـه، يشـبه تهديـد الشـيوعية الأمميـة، الأمـر الـذي سـوف يسـتلزم صراعـاً أيديولوجيـاً وعسـكرياً حازمـاً لعقـود مقبلـة. إضافـة إلى ذلك، شـنّ المعلقـون المحافظـون هجومـاً عـلى قـرار بايـدن القـاضي بسـحب القـوات الأمريكيـة مـن أفغانسـتان بوصفـه قـراراً محكومـاً بالـرأي المحـلي الأمريـكي أكـثر مـن كونـه محكومـاً باسـتراتيجية أمنيـة وطنيـة. وقـد حـذّروا مـن أن عـودة طالبـان إلى السـلطة في كابُـل سـوف تمكّـن التنظيمـات الإرهابيـة مـن اسـتئناف اسـتخدام أفغانسـتان قاعـدةً لعملياتهـا. ونظـراً إلى أن الانسـحاب قـد يـؤدي إلى زيـادة تهديـد الإرهـاب الـذي تـم تصديـره حديثـاً إلى الـدول الغربيـة، فقـد قيـل إن القـوات الأمريكيـة وقـوات حلـف النـاتو مـا زال لديهـما دور مهـم أيضـاً في تقديـم الاستشـارات والتدريـب للجيـش الوطنـي الأفغـاني وقـوات الأمـن الأخـرى في البـلاد [5].

وبغـض النظـر عـن مؤسسـة السياسـة الخارجيـة والأمـن الوطنـي، لا شـك في أن الناخبـين الأمريكيـين سـينظرون إلى سـحب القـوات إمـا باستسـلام سـلبي أو بحماسـة إيجابيـة. وفي المسـتقبل القريـب، سـتعتمد مكانـة بايـدن، مـن حيـث الـرأي الشـعبي، عـلى نجـاح إجـراءات سياسـته الداخليـة. وقـد تعـززت الانطباعـات الإيجابيـة عـن الإدارة الجديـدة بفضـل تسـريع برنامـج التطعيـم الوطنـي حيـث بلـغ إجمـالي عـدد اللقاحـات التـي تـم إعطاؤهـا خـلال الأشـهر الثلاثـة الماضيـة 3 ملايـين لقـاح يوميـاً في بعـض الأحيـان. وقـد تجـاوزت الإدارة هدفهـا المتمثـل في إعطـاء 200 مليـون جرعـة لقـاح عـلى الأقـل بحلـول اليـوم المئـة مـن الرئاسـة الجديـدة، وتبقـى لهـا فائـض مـن الوقـت. ونظـراً إلى أن أكـثر مـن نصـف البالغـين الأمريكيـين قـد تلقـوا جرعـة لقـاح واحـدة عـلى الأقـل، يمكـن للولايـات المتحـدة أن تتطلّـع إلى إحـداث تخفيـف كبـير في القيـود المفروضـة بسـبب فيـروس كورونـا بحلـول صيـف 2021.

تشـير اسـتطلاعات الـرأي إلى أن وعـد بايـدن باسـتخدام منصـب الرئاسـة لـرأب الانقسـامات الحزبيـة في الحيـاة السياسـية الأمريكيـة وتنفيـذ أجندتـه الجريئـة، في الوقـت نفسـه، قـد قوبـل بالترحيـب [6]. ففـي اسـتطلاع للـرأي أُجـري في إبريـل المـاضي، وافـق الجمهـور عـلى الحزمـة التـي قدمهـا الرئيـس للتخفيـف مـن تداعيـات فيـروس كورونـا، حيـث وافـق 72% عـلى أن بايـدن قـام بعمـل جيـد

---

5. John Bolton, "'Bring the Troops Home' Is a Dream, Not a Strategy," *Foreign Policy*, April 19, 2021, https://foreignpolicy.com/2021/04/19/biden-afghanistan-troop-withdrawal-taliban-al-qaeda-war-on-terror-pakistan-iran-nato/.

6. "Biden receives positive marks at 100 days," CBS News, April 25, 2021, https://www.cbsnews.com/news/joe-biden-first-100-days-opinion-poll/.

بتسريعه تصنيع لقاحات «كوفيد-19» وتوزيعها في البلاد، وعبّر 60% عن شعور إيجابي تجاه الرئيس الجديد، كما وافق 55% على أن حزمة المساعدات الاقتصادية التي خصصتها الإدارة سوف تفيد الولايات المتحدة [7].

لقد فاقت الأيام المئة الأولى للرئيس بايدن التوقعات فيما يتعلق باستعداده لتنفيذ إجراءات جذرية من أجل معالجة تأثير وباء «كوفيد-19» وإعادة تنشيط الاقتصاد الأمريكي. وعلى الرغم من عدم وجود الكثير من المفاجآت في السياسة الخارجية، فإن الإدارة الجديدة قد أظهرت أنها ملتزمة بنهج متعدد الأطراف وأقل تسامحاً مع الحكومات المعادية للغرب والراغبة في تقويض ما تراه واشنطن قيماً جوهرية تدعم المصلحة الوطنية الأمريكية. ومن المحتمل أن تأخذ الساحة المحلية أولوية على مبادرات السياسة الخارجية خلال الأشهر المقبلة. مع ذلك، لا شك في أن التحديات والأزمات العالمية سوف تتطلّب من الرئيس بايدن، في مرحلةٍ ما، إظهار قدرته على الحفاظ على أجندته التغييرية واستعادة التفوق الأمريكي العالمي.

---

7. Pew Research Centre, "Biden Nears 100-Day Mark With Strong Approval, Positive Rating for Vaccine Rollout," April 15, 2021, https://www.pewresearch. org/politics/2021/04/15/biden-nears-100-day-mark-with-strong-approval-positive-rating-for-vaccine-rollout/.

أولاً– أجندة السياسة الداخلية للرئيس بايدن

جاستين بي داير

في 20 يناير 2021، أصبح جوزيف روبينيت بايدن الرئيس الـ 46 الذي يؤدي اليمين الدستورية لمنصب رئيس الولايات المتحدة. وقد انتهت الانتخابات المتنازع عليها باقتحام عنيف لمبنى الكابيتول من جانب بعض مؤيدي الرئيس ترامب الذين كانوا عازمين على إعاقة عملية فرز الأصوات الانتخابية ومصادقة الكونغرس عليها. وإضافة إلى ذلك، بقي المجتمع المدني الأمريكي منقسماً انقساماً حاداً حول مجموعة من القضايا السياسية والاجتماعية، بما فيها سلامة إجراءات الانتخابات الأمريكية ونزاهتها[8]. وعلى الرغم من حصول الجمهوريين على مقاعد إضافية في مجلس النواب الأمريكي، ما زال الحزب الديمقراطي محتفظاً بالأغلبية (218 مقعداً مقابل 211). وفي مجلس الشيوخ الأمريكي، فاز الحزب الديمقراطي في انتخابات الإعادة المهمة في 5 يناير في جورجيا، ما مكّن الديمقراطيين من السيطرة على الأجندة التشريعية على نحو فعّال. وفي ظل وجود 48 ديمقراطياً واثنين من المستقلين الذين يقفون مع الديمقراطيين، أصبح المجلس مقسوماً بالتساوي (50-50)، ويكون لنائبة الرئيس كمالا هاريس صوت الترجيح، بصفتها رئيسة مجلس الشيوخ. يتمتع الديمقراطيون الآن بأغلبية ضئيلة في مجلس النواب، وميزة ضعيفة للغاية في مجلس الشيوخ، وسيطرة على البيت الأبيض.

تاريخياً، دائماً ما كان حزب الرئيس ضعيفاً في الانتخابات النصفية،[9] ويعمل الديمقراطيون الآن باستعجال وقوة على دفع أجندة السياسة الداخلية إلى الأمام، ويحتفظون، في الوقت نفسه، بالسيطرة على مجلس النواب ومجلس الشيوخ والرئاسة. وربما تغلق أبواب الفرص في العامين المقبلين، وقد بدأ البيت الأبيض تحركاً جريئاً من أجل تنفيذ أجندة سياسة داخلية تغييرية

---

8. Pew Research Center. 2020. "Deep Divisions in View of the Election Process – And Whether It Will Be Clear Who Won," https://www.pewresearch.org/politics/2020/10/14/deep-divisions-in-views-of-the-election-process-and-whether-it-will-be-clear-who-won/.

9. The American Presidency Project. 2021. "Seats in Congress Gained/Lost by the President's Party in Mid-Term Elections," https://www.presidency.ucsb.edu/statistics/data/seats-congress-gainedlost-the-presidents-party-mid-term-elections.

بالمقاييـس كلهـا. ففـي المذكـرات والأوامـر التنفيذيـة التـي أصدرهـا الرئيـس بايـدن في اليـوم التـالي لتنصيبـه، اسـتعرض بعـض الجوانـب الحاسـمة في تلـك الأجنـدة، حيـث ورد في مذكـرة موجهـة إلى رؤسـاء الـوزارات والـوكالات مـا يلي:

«تواجـه بلادنـا اليـوم تحديـات خطـيرة، بمـا فيهـا وبـاء عالمي هائـل، وتراجـع اقتصـادي كبـير، وتفـاوت عرقـي منظـم، وتهديـد التغـير المناخـي المتسـارع الذي لا يمكـن إنكـاره. إن مـن سياسـة إدارتي تعبئـة سـلطة الحكومـة الفيدراليـة مـن أجـل إعـادة بنـاء بلادنـا والتصـدي لهـذه التحديـات وغيرهـا» [10].

وأصدر أمراً تنفيذياً في اليوم نفسه حدد أولوية أخرى مهمة من أولويات الإدارة:

«مـن سياسـة إدارتي منـع التمييـز ومكافحتـه عـلى أسـاس الهويـة الجنسـانية أو الميـل الجنـسي، والتنفيـذ الكامـل للبـاب السـابع مـن قانون الحقـوق المدنيـة والقوانـين الأخـرى التـي تحظـر التمييـز عـلى أسـاس الهويـة الجنسـانية أو الميل الجنـسي» [11].

لقـد وعـد الرئيـس بايـدن بتعبئـة سـلطة الحكومـة الفيدراليـة بالكامـل مـن أجـل معالجـة هـذه القضايـا المحليـة الرئيسـية ووبـاء «كوفيـد-19» العالمـي؛ والتراجـع الاقتصـادي الناجـم عـن الوبـاء وسياسـات الصحـة العامـة؛ ومسـتويات عـدم المسـاواة المسـتمرة في المجتمـع الأمـريكي، والتغـير المناخـي؛ وتعزيـز أهـداف حركـة «الميـم»، خصوصـاً فيـما يتعلـق بأيديولوجيـا مغايـري الهويـة الجنسـانية. إضافـة إلى ذلـك، أعطـت الإجـراءات التنفيذيـة التـي اتخذهـا الرئيـس بايـدن أولويـة لإبطـال سياسـات عهـد ترامـب بشـأن الهجـرة والرعايـة الصحيـة أيضـاً، والدفـع إلى الأمـام بإجـراءات بشـأن السـيطرة عـلى السـلاح وإصـلاح الشرطـة. وعـلى الرغـم مـن أن جميـع هـذه القضايـا عُرضة

---

10. Joseph R. Biden. 2021. "Memorandum for the Heads of Executive Departments and Agencies," https://www.whitehouse.gov/briefing-room/presidential-actions/2021/01/20/modernizing-regulatory-review/.

11. Joseph R. Biden. 2021. "Executive Order on Preventing and Combating Discrimination on the Basis of Gender Identity and Sexual Orientation," https://www.whitehouse.gov/briefing-room/presidential-actions/2021/01/20/executive-order-preventing-and-combating-discrimination-on-basis-of-gender-identity-or-sexual-orientation/.

لخلافـات سياسـية أوسـع يسـودها اسـتقطاب حـزبي كبـير في الولايـات المتحـدة، فـإن إدارة بايـدن قـد نسـجت أجنـدة سياسـتها في مبادراتهـا المختلفـة خـلال الأيـام المئـة الأولى للرئـيس في منصبه. وسـعت إدارة بايـدن إلى تجميـع أهـداف سياسـتها الداخليـة كإجراءات ضروريـة للاسـتجابة للأزمـات، وذلـك حرصـاً منهـا عـلى عـدم تجاهـل أي أزمـة.

جـاء الرئـيس بايـدن إلى المنصب بأسـلوب قيـادة راسـخ يختلـف تمامـاً عـن أسـلوب سـلفه. ولأن الرئـيس ترامـب لم يتقلّـد منصبـاً منتخبـاً مـن قبـل قط، فقـد أعطـى أهميـة خاصـة للـولاء الشـخصي، واحتفـظ بدائـرة صغـيرة مـن المستشـارين ضمـت أفـراداً مـن أسـرته، وكان لـه أسـلوب إدارة يحرِّض عـلى الصـراع والمنافسـة بـين المرؤوسـين، وشـهد تقلبـاً إداريـاً متكـرراً طـوال فـترة ولايتـه. وكان صداميـاً واستقطابيـاً عـلى نحـو عـدواني، سـعياً إلى حشـد المؤيدين الحزبيين ضـد المعارضين الحزبيين في حين كان يسـتهزئ كثـيراً بالمعايـير وينتقـص مـن العُـرف السـائد في واشـنطن العاصمـة.

عـلى العكـس مـن ترامـب، يـأتي الرئـيس بايـدن إلى منصبـه بعـد نحـو خمسـة عقـود أمضاهـا في الحيـاة العامـة. وهـو يقـدِّر العلاقـات الشـخصية الممتـدة التـي اكتسـبها مـن سـنواته السـت والثلاثـين التـي كان فيهـا عضـواً في مجلـس الشـيوخ وسـنواته الثمـاني التـي عمـل فيهـا نائبـاً للرئـيس، وقـد شـكّل مجلـس وزراء أظهـر حتـى الآن مسـتويات منخفضـة مـن الخـلاف الداخـلي. وعُـرِف بايـدن طـوال مسـيرته السياسـية بالاسـتعداد المعتـدل لتقديـم تنـازلات، وأثبـت أنه براغماتي ومـرن مـن الناحيـة الأيديولوجيـة. ولكـن حتـى الآن قادتـه مرونتـه الأيديولوجيـة إلى تبنّـي أولويـات الحـزب الديمقراطـي السياسـاتية إجمـالاً، التـي تُعـد أكـثر تقدميـة بكثـير ممـا كانـت عليـه حتـى قبـل خمـس سـنوات عندمـا كان بايـدن نائبـاً للرئـيس. وعـلى الرغـم مـن أن أسـلوب الرئـيس بايـدن يتسـم بالاعتـدال المدفـوع بالعلاقـات، فـإن أجندتـه السياسـاتية هـي الأكـثر تقدميـةً مـن أجنـدة أي رئـيس أمريكـي خـلال جيـل كامـل، وهـذا في حـد ذاتـه نتـاج وانعكـاس للاسـتقطاب الأيديولوجـي لـكل مـن الحزبـين الديمقراطـي والجمهـوري.

``توضح سياسـة مكسيكو سيتي صعوبة إحداث تغيير سياسـاتي طويلة الأجل مـن خـلال إجـراء تنفيـذي. فقـد كان التمويـل الفيـدرالي للمنظمـات التـي تـروّج للإجهـاض أو تقـدم استشـارات بشـأنه قضيـة حزبيـة واضحـة المعالـم ومحـددة منـذ ثمانينيـات القـرن العشريـن. وتأرجحـت الإدارات الرئاسـية المتعاقبـة بـين إلغـاء حظـر التمويـل وإعادتـه. ولأن الإجـراءات التنفيذيـة عُرضـة للإلغـاء مـن جانـب الإدارة المقبلـة، فـإن الإنجـازات التشريعيـة الكبـيرة تكـون أطـول بقـاءً مـن الإجـراء التنفيـذي وحـده.

كشـف الرئيـس بايـدن، مؤخـراً، عـن الجوانـب الرئيسـية لأجندتـه التشريعيـة فيـما تسـميه إدارتـه «خطـة إعـادة البنـاء عـلى نحـو أفضـل» [12]، وهـي مقـترح تشريعـي مكـوّن مـن ثلاثـة أجـزاء ويتضمـن خطـة الإنقـاذ الأمريكيـة [13]، (أجيـز مـشروع قانـون للتحفيـز الاقتصادي بقيمـة 1.9 تريليـون دولار وأصبـح قانونـاً بعـد التوقيـع عليـه في 11 مـارس)، وخطـة الوظائـف الأمريكيـة (خطـة لتطويـر البنيـة التحتيـة بقيمـة 2.3 تريليـون دولار وقـد تـم تقديمها في 31 مـارس)، وخطـة الأسر الأمريكيـة (خطـة بقيمـة تريليـونْ دولار تقريبـاً لم يتـم تقديمها بعـد).

تقـترح «خطـة إعـادة البنـاء عـلى نحـو أفضـل» نحـو 6 تريليـونات دولار من الإنفـاق الحكومـي الجديـد، بالإضافة إلى نحـو 3 تريليـونات دولار للإنفـاق عـلى حـالات الطـوارئ وقـد تمـت إجازتها خـلال العـام الأخـير مـن رئاسـة ترامـب [14]. وهـذا توسـع كبـير في حجـم إنفـاق الحكومـة الفيدراليـة، ورهـان عـلى موثوقيـة النظريـة النقديـة الحديثـة التـي تـرى أن حجـم الإنفـاق، الـذي تقـوم بـه أي حكومـة ذات سـيادة تتحكـم بالكامـل في عُملتها الإلزاميـة، ينبغـي ألا يتقيّـد بالإيرادات سـواء كانت في شـكل ضرائب أو ديـون. وفي ضـوء هـذا، فـإن الزيـادة المقترحـة مـن إدارة بايـدن في ضرائـب الـشركات لا تتعلـق بالموازنـة بـين الإنفـاق والإيرادات بقـدر مـا تتعلـق بتوجيـه أهـداف السياسـة التقدميـة مـن خـلال قانـون الضرائـب، مثـل إنهـاء دعـم الوقـود الأحفوري وتقديـم حوافـز جديـدة لإنتاج الطاقـة الخـضراء، وزيـادة الحوافـز الضريبيـة للإسـكان لمنخفضي الدخـل، وزيـادة معـدل ضريبـة الـشركات، والحفاظ عـلى حـد عالمـي أدنى لضريبـة الـشركات في محاولـة «للتخفيـف مـن عـدم المسـاواة» [15].

---

12. White House. 2021. "Build Back Better," https://www.whitehouse.gov/build-back-better/.

13. US Congress. 2021. "American Rescue Plan Act," https://www.congress.gov/117/bills/hr1319/BILLS-117hr1319enr.pdf.

14. US Congress. 2020. "CARES Act," https://www.congress.gov/116/bills/hr748/BILLS-116hr748enr.pdf, and "Consolidated Appropriations Act," https://www.congress.gov/116/bills/hr133/BILLS-116hr133enr.pdf.

15. US Department of the Treasury. 2021. "The Made in America Tax Plan," https://home.treasury.gov/system/files/136/MadeInAmericaTaxPlan_Report.pdf.

خطة الإنقاذ الأمريكية

أجـاز مجلس النـواب خطـة الإنقـاذ الأمريكيـة بموافقـة 219 نائبـاً مقابـل رفض 212 [16]، مـا يـدل عـلى الانقسـامات الحزبيـة داخـل الكونغـرس. وأجـاز مجلـس الشـيوخ نسـخة معدلـة مـن الخطة بموافقة 50 نائبـاً مقابـل رفـض 49 (مـع امتنـاع نائـب جمهوري واحـد عـن التصويـت)[17]. ووافـق مجلـس النـواب عـلى التعديـل الـذي أدخلـه مجلـس الشـيوخ عـلى الخطـة بموافقـة 220 نائبـاً مقابـل رفـض 211 [18].

قـدّم مـشروع القانـون المكوّن مـن 242 صفحـة مدفوعـات مبـاشرة لمعظـم الأسر الأمريكيـة، ومـدّد إعانـات البطالـة والمنـح للـشركات الصغـيرة، بمـا فيهـا قـدر كبـير مـن الإعانـات والإنفـاق الحكومـي لدعـم الزراعـة ومسـاعدات غذائيـة حكوميـة مبـاشرة. وقـدّم أمـوالاً للتعليـم والفنـون والعلـوم الإنسـانية، واسـتحدث إنفاقـاً جديـداً عـلى مبـادرات الصحـة العامـة غـير المتعلقـة بوبـاء «كوفيـد-19»، وخصـص اعتـمادات ماليـة للإسـكان والأمـن الداخـلي وحمايـة البيئـة. إجمـالاً، تـم تخصيـص 10% مـن اعتـمادات خطـة الإنقـاذ الأمريكيـة لتدابـير الصحـة العامـة المتعلقـة بوبـاء «كوفيـد-19». ووصـف المنتقـدون مـشروع القانـون بأنـه خدعـة حَـوَت في داخلهـا العديـد مـن الأحـكام التـي دعمـت أهـداف السياسـة الداخليـة الرئيسـية للديمقراطيـين[19]، وأجيـز في الهيئـة التشريعيـة المنقسـمة عـلى أسـس حزبيـة إلى حـد كبـير.

وفقـاً لقواعـد مجلـس الشـيوخ الراسـخة، تتطلب إجـازة معظم مشروعـات القوانـين 60 صوتـاً في المجلس. وتتضمـن السياسـة التشريعيـة للأجـزاء الثلاثـة مـن «خطـة إعـادة البنـاء عـلى نحـو أفضـل» تفاصيـل غامضـة بعـض الـشيء فيـما يتعلـق بالإجـراءات التشريعيـة. وتسـمح قواعـد مجلـس الشـيوخ بمناقشة

---

16. US House. 2021. "Final Vote Results for Roll Call 49," https://clerk.house.gov/evs/2021/roll049.xml.

17. US Senate. 2021. "Vote Summary on H.R. 1319," https://www.senate.gov/legislative/LIS/roll_call_lists/roll_call_vote_cfm.cfm?congress=117&session=1&vote=00110.

18. US House. 2021. "Final Vote Results for Roll Call 72," https://clerk.house.gov/evs/2021/roll072.xml.

19. Nikolai Wenzel. 2021. "Biden's Economic Trojan Horse." *Law & Liberty*, https://lawliberty.org/bidens-economic-trojan-horse/

غـير محـدودة حـول معظـم مشروعـات القوانـين، الأمـر الـذي يمكِّـن الأقليـات مـن اسـتغلالها لتعطيـل مشروعـات القوانـين المقترحـة مـا لم يصوّت ثلاثـة أخمـاس مـن أعضـاء مجلـس الشـيوخ الحاضرـين (60 عـادةً) لإنهـاء المناقشـة، وهـي عمليـة تسـمى اللجـوء إلى إقفـال المناقشـة بالتصويـت[20]. وبعـد أن يقفـل مجلـس الشـيوخ المناقشـة بالتصويـت، قـد يُطـرح مشروع القانـون للتصويـت عليـه مـن جانـب جميـع أعضـاء الكونغـرس، وتتطلـب إجازتـه أغلبيـة بسـيطة. ولكـن لهـذه القاعـدة العامـة العديـد مـن الاسـتثناءات المهمـة التـي تسـمح بمناقشـة لانهائيـة وتتطلـب أصـوات 60% مـن أعضـاء مجلـس الشـيوخ لإقفالهـا. فمـن أجـل المضي قدمـاً بترشـيحات الرئيـس أوبامـا الرئاسـية ضـد التعطيـل الـذي مارسـه الجمهوريـون، قـام مجلـس الشـيوخ الـذي كان يسـيطر عليـه الديمقراطيـون بتفسـير قواعـده في عـام 2013 ليسـمح باللجـوء إلى إقفـال المناقشـة بأغلبيـة بسـيطة عـلى معظـم الترشـيحات الرئاسـية (باسـتثناء الترشـيحات للمحكمـة العليـا فقـط)[21]. وفي عـام 2017، انقلبـت الأدوار الحزبيـة، وقـام الكونغـرس الـذي كان يسـيطر عليـه الجمهوريـون بتوسـيع ذلـك التفسـير ليسـمح بأغلبيـة بسـيطة بإقفـال المناقشـة حـول ترشـيحات المحكمـة العليـا، الأمـر الـذي مهّـد الطريـق للمصادقـة عـلى مرشـحة الرئيـس ترامـب، إيمـي كـوني باريـت، لتحـل محـل القاضيـة روث بـادر غينسـبيرغ[22].

إضافـة إلى ذلـك، تسـمح قواعـد مجلـس الشـيوخ بعمليـة تسـمى «تسـوية الميزانيـة»، وهـي مناورة تشريعيـة يمكـن لمجلـس الشـيوخ أن يصـوّت مـن خلالهـا عـلى مشروعـات قوانـين الميزانيـة – مشروعـات القوانـين المتعلقـة بالإيـرادات والإنفـاق – بأغلبيـة بسـيطة تفاديـاً لإمكانيـة حـدوث تعطيـل[23]. لقـد اسـتخدم مجلـس الشـيوخ الديمقراطـي تسـوية الميزانيـة تجنبـاً لأي تعطيـل مـن قِبَـل الجمهوريـين عندمـا أجـاز خطـة الإنقـاذ الأمريكيـة. وأعلـن زعيـم الأغلبيـة في مجلـس الشـيوخ، تشـاك شـومر، مؤخـراً، أن النائبـة البرلمانيـة في مجلـس الشـيوخ، إليزابيـث ماكدونـو، تشـاركه تفسـيره بـأن عمليـة تسـوية الميزانيـة

20. Valerie Heitshusen. 2013. "Majority Cloture for Nominations: Implications and the 'Nuclear' Proceedings," *Congressional Research Service*, https://crsreports.congress.gov/product/pdf/RL/RL30360.

21. US Senate. 2017. "Senate Floor Activity – Thursday, April 6, 2017," https://fas.org/sgp/crs/misc/R43331.pdf

22. https://www.senate.gov/legislative/LIS/floor_activity/2017/04_06_2017_Senate_Floor.htm.

23. Congressional Research Service. 2020. "The Budget Reconciliation Process: The Senate's 'Byrd Rule,'" https://fas.org/sgp/crs/misc/RL30862.pdf.

يمكن أن تُستخدَم مـرة أخـرى في أي قـرار خـاص بميزانيـة منقّحة. ويوحـي هـذا التصريـح بإمكانيـة إجازة الجوانب الرئيسية الأخـرى مـن خطـة إدارة بايـدن لإعـادة البنـاء عـلى نحـو أفضـل عـلى أسـس حزبيـة مـن خـلال تسـوية الميزانيـة،[24] كـما أنـه أثـار بعـض الارتبـاك في الكابيتـول هيـل[25]. وسـوف تكتسـب هـذه المناقشـات حـول الإجـراء التشريعـي أهميـة متزايـدة لأن الديمقراطيـين يعملـون عـلى إجـازة الجوانـب الرئيسـية الأخـرى مـن أجنـدة إدارة بايـدن التشريعيـة في الكونغـرس؛ خصوصـاً خطـة الوظائـف الأمريكيـة، وخطـة الأسـر الأمريكيـة، وقانـون المسـاواة، وخطـة «مـن أجـل الشـعب» (مفصلـة جميعهـا أدنـاه).

خطة الوظائف الأمريكية

لا توجـد خطـة الوظائـف الأمريكيـة كنـص تشريعـي حتـى كتابـة هـذه الورقـة، غـير أن البيـت الأبيـض أصـدر «صحيفـة وقائـع» في نهايـة مـارس الماضي توضـح أولوياتـه الرئيسـية بالتفصيـل: إنفـاق أكـثر مـن تريليـونْ دولار عـلى مشروعـات البنيـة التحتيـة وغيرهـا مـن أولويـات السياسـة التقدميـة، مثل توسـيع إمكانيـة الحصـول عـلى إسـكان لـذوي الدخـل المنخفـض، ودعـم رعايـة الطفولـة المبكـرة وريـاض الأطفـال، ودعـم الوظائـف النقابيـة، وتمويـل البحـوث في علـوم المنـاخ، وتخصيـص تمويـل بحثـي فيدرالي لجامعـات السـود وكلياتهـم التاريخيـة والمؤسسـات التـي تخـدم الأقليـات، وتغيـير سياسـات المشـتريات الفيدراليـة لطلـب سـيارات كهربائيـة لأسـطول السـيارات الفيدراليـة ومضخـات حراريـة كهربائيـة في المبـاني الفيدراليـة. إضافـة إلى ذلـك، تُعـد خطـة الوظائـف الأمريكيـة إصلاحـاً مقترحـاً لقانـون ضريبـة الـشركات مـن شـأنه أن يـدرّ إيـرادات إضافيـة بقيمـة تريليـونْ دولار خـلال 15 عامـاً[26].

خطة الأسر الأمريكية

يتمثـل الجانـب الأخـير مـن خطـة البيـت الأبيـض لإعـادة البنـاء عـلى نحـو أفضـل فيـما يسـميه الرئيـس بايـدن خطـة الأسـر الأمريكيـة، وهـي مـشروع قانـون رئيـسي ثالـث للإنفـاق، لم يُقـترح بعـد،

---

24. Jake Sherman. 2021. Twitter post on April 5, 2021, https://twitter.com/ JakeSherman/status/1379197757072801804/photo/1.

25. Caitlin Emma. 2021. "Biden's Filibuster Workaround Spurs Mass Confusion," Politico, https://www.politico.com/news/2021/04/07/chuck-schumer-filibuster-parliamentarian-479811.

26. White House. 2021. "The American Jobs Plan," https://www.whitehouse.gov/briefing-room/statements-releases/2021/03/31/fact-sheet-the-american-jobs-plan/.

ومــن شـأنه أن «يُحيـي الطبقـة الوسـطى ويسـاعد الأسـر عـلى تأمـين نفقـات معيشـتها»[27]. وقـد وعـد البيـت الأبيـض بـأن تفاصيـل هـذه الخطـة سـتأتي قريبـاً، وأن المفاوضـات التشريعيـة بشـأنها وشـكلها النهـائي وتحويلهـا إلى قانـون سـتكون موضـوع نـزاع سيـاسي مسـتمر في الأشـهر المقبلة.

بالإضافـة إلى مشروعـات القوانيـن الرئيسـية هـذه، يوجـد مشروعـا قانـون إضافيـان يشـكلان جزأيـن رئيسـيين مـن أجنـدة السياسـة الداخليـة للديمقراطيـن، هـما: قانـون المسـاواة (أُجيـز في مجلـس النـواب في 25 فبرايـر بموافقـة 224 نائبـاً مقابـل رفـض 206)[28]، وقانـون «مـن أجـل الشـعب» (أُجيـز في مجلـس النـواب في 3 مـارس بموافقـة 220 نائبـاً مقابـل رفـض 210)[29].

قانون المساواة

يتمثـل السـياق الأسـاسي المبـاشر لقانـون المسـاواة المقترح في قـرار المحكمـة العليـا الصـادر في يونيـو 2020 بشـأن قضيـة بوسـتوك ضـد مقاطعـة كلايتـون في جورجيـا[30]. ففـي مقـال رأي كتبـه القـاضي نيـل غورسـاتش، الـذي عينـه ترامـب، قضـت المحكمـة بـأن البـاب السـابع مـن قانـون الحقـوق المدنيـة لعـام 1964 يمنـع التمييـز في التوظيـف عـلى أسـاس الجنـس أو الميـل الجنـسي أو الهويـة الجنسـانية. وكانـت هنـاك ثـلاث قضايـا منفصلـة أُدمجـت معـاً وشـملت أشـخاصاً فُصلـوا مـن وظائفهـم بسـبب أفعـال مرتبطـة بكونهـم مثليـي الجنـس أو، في حالـة واحـدة، شـملت شـخصاً غـيَّر المظهـر العـام لهويتـه الجنسـانية في أثنـاء عملـه.

وفقـاً لتفسـير المحكمـة، تشـير كلمـة «جنـس» في قانـون الحقـوق المدنيـة إلى «الفـروق البيولوجيـة بـين الذكـر والأنثى»، ولكنـه أضـاف أن التمييـز عـلى أسـاس الميـل الجنـسي أو الهويـة الجنسـانية

---

27. White House. 2021. "Build Back Better," https://www.whitehouse.gov/build-back-better/.

28. US House. 2021. "Equality Act," https://www.congress.gov/116/bills/hr5/BILLS-116hr5rfs.pdf and "Final Vote Results for Roll Call 39," https://clerk.house.gov/evs/2021/roll039.xml.

29. US House. 2021. "For the People Act," https://www.congress.gov/117/bills/hr1/BILLS-117hr1eh.pdf and "Final Vote Results for Roll Call 62," https://clerk.house.gov/evs/2021/roll062.xml.

30. US Supreme Court. 2020. "Bostock v. Clayton County, Georgia," https://www.supremecourt.gov/opinions/19pdf/17-1618_hfci.pdf.

يمثـل شـكلاً مـن أشـكال التمييـز الجنسـي المحظـور. وكتـب غورسـاتش أن التمييـز عـلى هـذه الأسـس «يتطلـب مـن صاحـب العمـل معاملـة الموظفـين الأفـراد بطريقـة مختلفـة عمـداً بسـبب جنسـهم»[31]، ثـم أقـر بالتضـارب المحتمـل بـين تدابـير حمايـة الحريـة الدينيـة القائمـة وتفسـير المحكمـة الجديـد لقانـون الحقـوق المدنيـة. وأشـار إلى أن قانـون اسـتعادة الحريـة الدينيـة لعـام 1993 يقـضي بـأن تثبـت الحكومـة الفيدراليـة أنهـا تسـعى إلى تحقيـق مصلحـة حكوميـة ملحّـة بوسـائل أقـل تقييـداً لحريـة الممارسـة الدينيـة حتـى لا ترتكـب الحكومـة انتهـاكاً كبـيراً لحريـة الفـرد الدينيـة[32].

في أعقـاب قانـون بوسـتوك، أقـترح قانـون المسـاواة تعديـل قانـون الحقـوق المدنيـة لعـام 1964 ليقنّـن صراحـةً تفسـير المحكمـة العليـا للتمييـز عـلى أسـاس الجنـس عـلى أنـه يشـمل التمييـز عـلى أسـاس الميـل الجنـسي والهويـة الجنسـانية، ليـس في القسـم الخـاص بالتمييـز الوظيفـي فقـط بـل في التمييـز في المسـاكن العامـة والتعليـم العـام والبرامـج المموَّلـة مـن الحكومـة الفيدراليـة أيضـاً، مـع تعديـل القوانـين الفيدراليـة التـي تحظـر التمييـز في الإسـكان والإقـراض وخدمـة هيئـة المحلفـين. إضافـة إلى ذلـك، يضـم مشـروع القانـون بنـداً ينـص عـلى أن «قانـون اسـتعادة الحريـة الدينيـة لعـام 1993 ... ينبغـي ألا يوفـر أي دعـوى تتعلـق بـأي بـاب مشـمول أو أي دعـوى بموجبـه، أو يوفـر أساسـاً للطعـن في تطبيـق أو تنفيـذ أي بـاب مشـمول»[33]، الأمـر الـذي يمنـع تطبيـق قانـون اسـتعادة الحريـة الدينيـة في معظـم القضايـا الفيدراليـة المناهضـة للتمييـز.

سيشـكّل هـذا تحـولاً كبـيراً في القانـون الفيدرالي لمناهضـة التمييـز يعكـس تغيـيراً سريعـاً في الثقافـة الأمريكيـة إزاء مغايـري الهويـة الجنسـانية. وقـد تسـارع هـذا التوجـه سـذ صـدور رأي المحكمـه العليـا في عـام 2015 القـاضي بمطالبـة الدسـتور الأمريـكي للولايـات بالاعـتراف بـزواج المثليـين[34].

---

31. US Supreme Court. 2020. "Bostock v. Clayton County, Georgia," https://www.supremecourt.gov/opinions/19pdf/17-1618_hfci.pdf, pg. 10.

32. US Congress. 1993. "Religious Freedom Restoration Act," https://www.govinfo.gov/content/pkg/BILLS-103hr1308enr/pdf/BILLS-103hr1308enr.pdf.

33. US House. 2021. "Equality Act," https://www.congress.gov/116/bills/hr5/BILLS-116hr5rfs.pdf, Sec. 1107.

34. US Supreme Court. 2015. "Obergefell v. Hodges," https://www.supremecourt.gov/opinions/14pdf/14-556_3204.pdf.

ويشير استطلاع الرأي الأولي إلى أن الأغلبية تؤيد فكرة منع التمييز على أساس الميل الجنسي أو الهوية الجنسانية. مع ذلك، يواجه مشروع القانون معارضة كبيرة في مجلس الشيوخ، جزئياً على الأقل بسبب إزالته الصريحة لتدابير الحماية القانونية الفيدرالية القائمة المخصصة لحرية الممارسة الدينية[35].

قانون من أجل الشعب

غيرت ولايات عديدة إجراءات الانتخابات الولائية في الدورة الانتخابية لعام 2020 من خلال التشريعات أو الإجراءات التنفيذية الاستثنائية أو التفسيرات القضائية، وقامت بتمديد الفترة الزمنية للتصويت المبكر وتوسيع إمكانية الحصول على بطاقات الاقتراع البريدي والغيابي، وأجازت صناديق الاقتراع البريدي، وسمحت بتسجيل الناخبين عبر الإنترنت وفي يوم التصويت نفسه، وشرّعت مجموعة من الإجراءات الأخرى لتقليل الحاجة إلى الحضور الشخصي للتصويت خلال الظروف التي فرضها وباء «كوفيد-19»[36].

اعترض الرئيس ترامب على نتائج انتخابات عام 2020، مدعياً حدوث تزوير واسع النطاق في أصوات الناخبين ومنتقداً على وجه خاص ما سماه «مخطط التصويت البريدي الفاسد الذي وضعه الديمقراطيون بطريقة ممنهجة وسمح بإمكانية تغيير التصويت، خصوصاً في الولايات المتأرجحة التي كان لا بد لهم من الفوز بها»[37]. لقد رُفعت دعاوى قضائية بشأن الانتخابات، خصوصاً في الولايات

35. Frank Newport. 2021. "American Public Opinion and the Equality Act," Gallup, https://news.gallup.com/opinion/polling-matters/340349/american-public-opinion-equality-act.aspx.

36. Brennan Center. 2020. "Voting Laws Roundup 2020," https://www.brennancenter.org/our-work/research-reports/voting-laws-roundup-2020-0.

37. Donald J. Trump. 2020. "Statement on the Presidential Election Results," C-SPAN, https://www.c-span.org/video/?506975-1/president-trump-statement-2020-election-results.

المتأرجحـة الرئيسـية، ولم تقـضِ أي محكمـة بفـرز الأصـوات البريديـة[38]. ولكـن الحـزب الجمهـوري في ولايـة بنسـلفانيا ادعـى، في إحـدى الحـالات البـارزة، أن أعـلى محكمـة في الولايـة قضت بتمديـد الموعـد النهـائي القانـوني لفـرز الأصـوات البريديـة مـن دون أي اختصـاص قانـوني للقيـام بذلـك. وقـد رفضـت المحكمـة العليـا منـح أمـر قضـائي لمراجعـة الحالـة، وعـبر القضـاة أليتـو وتومـاس وغورسـاتش علنـاً عـن مخاوفهم بشـأن التمديـد القضـائي للموعـد النهـائي المحـدَّد تشريعيـاً في ولايـة بنسـلفانيا[39]. وشـكَّلت حالـة بنسـلفانيا بعـد ذلـك أساسـاً لاعـتراض السـيناتور الجمهـوري، جـوش هـاولي، المثير للجـدل عـلى المصادقـة عـلى تصويـت الهيئـة الانتخابيـة بعـد سـاعات قليلـة مـن قيـام المئـات مـن مؤيـدي ترامـب بالتعـدي عـلى مبنـى الكابيتـول بهـدف تعطيـل المصادقـة عـلى نتائـج الانتخابـات[40].

هـذا هـو السـياق الحـزبي المريـر للمسـألة السياسـية التـي تـزداد اسـتقطاباً بشـأن إصـلاح قانـون الانتخابـات عـلى مسـتوى الولايـات. فقـد أجـازت ولايـة جورجيـا، مؤخـراً، مـشروع قانـون لتعديـل قوانينهـا وإجراءاتهـا الانتخابيـة، ويتمثـل أكـثر جوانبهـا إثـارة للجـدل في مطالبـة الناخبـين بتقديـم إثبـات هويـة قبـل التقديـم للحصـول عـلى بطاقـة اقـتراع غيـابي واللوائـح التـي تحـد مـن اسـتخدام صناديـق الاقـتراع البريـدي لجمـع بطاقـات التصويـت الغيـابي في فـترة التصويـت المبكـر[41]. وفي مؤتمـر صحفـي، شـبّه الرئيـس بايـدن القانـون بعـصر التمييـز العنـصري بحكـم القانـون، زاعـماً أن القانـون صيـغ لحرمـان الناخبـين السـود تحديـداً مـن حـق التصويـت، ومنـذ ذلـك الحـين رد عـدد مـن الـشركات الرئيسـة

38. American Bar Association. 2021. "Current Litigation," Standing Committee on Election Law, https://www.americanbar.org/groups/public_interest/election_law/litigation/.

39. US Supreme Court. 2020. "Republican Party of Pennsylvania v. Kathy Boockvar, Secretary of Pennsylvania" http://cdn.cnn.com/cnn/2020/images/10/28/supreme.court.pennsylvania.pdf.

40. Joshua D. Hawley. 2021. "Senator Hawley on Arizona Objection," C-SPAN, https://www.c-span.org/video/?507698-12/senator-hawley-arizona-objection.

41. Georgia General Assembly. 2021. "Senate Bill 202," https://www.legis.ga.gov/api/legislation/document/20212022/201498.

بالمقاطعة أو التهديد بالمقاطعة، بما في ذلك قرار «ميجور ليغ بيسبول» بنقل «مباراة النجوم» من جورجيا إلى كولورادو.[42]

نظراً إلى أن الأحكام الحقيقية في مشروع قانون إصلاح قانون الانتخابات في جورجيا التي تعالج قضايا مثل التصويت المبكر وإثبات هوية الناخب لا تتعارض مع قوانين الولايات الأخرى على المستوى الوطني،[43] فإن المعارضة الصريحة لمشروع قانون الانتخابات من جانب الديمقراطيين وبعض الشركات الوطنية الكبيرة يمكن عدّها جزءاً من مسعى أكبر لحشد الرأي العام وراء إجازة مجلس الشيوخ لمشروع قانون إصلاح الانتخابات الوطنية الذي أجازه مجلس النواب سلفاً في بداية مارس. لقد كان مشروع القانون ذاك يسمى «قانون من أجل الشعب» وقد أجيز على أسس حزبية بهامش 220 صوتاً مقابل 210 أصوات، ولكن يجب أن ينال موافقة مجلس الشيوخ قبل إجازته النهائية.[44]

سيُحدث «قانون من أجل الشعب»، المكوَّن من 884 صفحة، توجهاً عاماً نحو بسط قانون الانتخابات على المستوى الوطني، الأمر الذي يضع معايير انتخابية موحدة للانتخابات الفيدرالية فيما يتعلق بالتصويت؛ وتمويل الحملات الانتخابية؛ وإعادة حق الاقتراع للمجرمين؛ والأخلاق، بما في ذلك منع طلب إثبات الهوية كشرط للحصول على بطاقة الاقتراع الغيابي – وهذا من القضايا الرئيسية التي يدور حولها الخلاف في جورجيا.[45]

42. Joseph R. Biden. 2021. "Biden on GOP Voting Restrictions," MSNBC, https:// www.cnbc.com/video/2021/03/25/joe-biden-gop-voting-legislation.html. See also Ronald Blum. 2021. "MLB All-Star Game Yanked from Georgia Over Voting Law," Associated Press, https://apnews.com/article/mlb-baseball-rob-manfred-georgia-voting-rights-e1cf72c8b2d61afad049cae498ccbbe0.

43. National Conference of State Legislatures. 2020. "State Laws Governing Early Voting" https://www.ncsl.org/research/elections-and-campaigns/early-voting-in-state-elections.aspx and "Voter Identification Requirements," https://www.ncsl.org/research/elections-and-campaigns/voter-id.aspx.

44. US House. 2021. "Roll Call 62," https://clerk.house.gov/Votes/202162.

45. US House. 2021. "For the People Act," https://www.congress.gov/117/bills/hr1/BILLS-117hr1eh.pdf.

خاتمة

يـرى الرئيـس بايـدن وفريقـه أن هـذه اللحظـة، أيْ الخـروج مـن وبـاء عالمـي وبسـيطرة الديمقراطييـن عـلى الحكومـة الفيدراليـة، تشـكِّل فرصـة نـادرة لإحـداث تغيـير جوهـري في الحكومـة الفيدراليـة والمجتمـع الأمريكي. وتُعـدّ «خطـة إعـادة البنـاء عـلى نحـو أفضـل»، في بعـض جوانبهـا، اسـتمراراً لمسـار السياسـة التقدميـة في القـرن العشريـن. إنهـا تسـرِّع عجلـة نمـو الحكومـة الوطنيـة والدولـة الإداريـة، وتبنـي عـلى مـا حققتـه «الصفقـة الجديـدة» وبرامـج «المجتمـع العظيـم» التـي تبنّاهـا أسـلاف بايـدن مـن الرؤسـاء الديمقراطييـن، وتوسّـع مظلـة قانـون مناهضـة التمييـز لتشـمل أيديولوجيـا مغايـري الهويـة الجنسـانية التـي ظهـرت حديثـاً. وفي السـعي إلى تحقيـق الهـدف الأخـير المتعلـق بمغايـري الهويـة الجنسـانية، سـوف نـرى تعارضـاً متزايـداً بـين حريـة الممارسـة الدينيـة والقانـون الفيـدرالي لمناهضـة التمييـز، وهـذا مـا توقعتـه المحكمـة العليـا في قرارهـا بشـأن قضيـة بوسـتوك. ومـن الناحيـة الانتخابيـة، يأمـل الرئيـس بايـدن في توطيـد تحالفٍ حاكـمٍ ضـم في عـام 2020 نسـباً كبـيرة مـن الناخبـين المنتمـين إلى الأقليـات والشـباب وغـير المتزوجـين ومـن يحملـون شـهادات جامعيـة.[46]

حصـل بايـدن عـلى أكثر مـن 81 مليـون صـوت في انتخابـات 2020، متفوقـاً عـلى أي مرشـح رئـاسي آخـر قبلـه. واللافـت للنظـر أن دونالـد ترامـب حصـل عـلى ثـاني أكبـر عـدد مـن الأصـوات لمرشـح رئـاسي، حيـث بلغـت 74 مليـون صـوت. ويخلـص الديمقراطيـون إلى أن إقبـال الناخبـين القيـاسي الـذي سـمحت بـه تدابـير الطـوارئ لتوسـيع التصويـت المبكـر والتصويـت البريـدي قـد أفـاد الديمقراطيـين وأن مـن المفيـد انتخابيـاً للديمقراطيـين أن يجعلـوا تلـك التدابـير الانتخابيـة الاسـتثنائية موحّـدة ودائمـة، وهـذا مـا يسـعون إليـه مـن خـلال قانـون «مـن أجـل الشـعب».[47]

كسـب الجمهوريـون مقاعـد في مجلـس النـواب وكادوا أن يحتفظـوا بالسـيطرة عـلى مجلـس الشـيوخ، عـلى الرغـم مـن فقدانهـم البيـت الأبيـض. ويتكـون تحالـف الحـزب الجمهـوري مـن إنجيليـين بيـض متزوجـين وكبـيري السـن، وأشـخاص لا يحملـون شـهادات جامعيـة، ولكـن كانـت توجـد دلائـل عـلى أن

---

46. CNN Politics. 2020. "Exit Polls," https://www.cnn.com/election/2020/exit-polls/president/national-results.

47. New York Times. 2020. "Presidential Election Results," https://www.nytimes.com/interactive/2020/11/03/us/elections/results-president.html.

دونالـد ترامـب وسّـع دائـرة تحالفـه الديمغـرافي مـن خـلال تحسـين أدائـه مـع الأقليـات الرئيسـية أيضاً[48]. إننـا نعيـش فـترة مـن إعـادة الاصطفـاف الحـزبي، يتخللهـا نقـاش عـن الديمقراطيـين المؤيديـن لترامـب والجمهوريـين المؤيديـن لبايـدن. ويتمثـل أحـد المسـارات المحتملـة للحـزب الجمهـوري في فـترة مـا بعـد ترامـب في أنـه سـيتحول أكـثر فأكـثر إلى حـزب طبقـة عماليـة وشـعبوي اقتصاديـاً وديـني تقليديـاً ومحافـظ اجتماعيـاً، وهـذا مزيـج ربمـا يـروق لبعـض الناخبـين السـود واللاتينيـين في الحـزب الديمقراطـي.

ومـن منظـور السياسـة الانتخابيـة، تمثـل «خطـة إعـادة البنـاء عـلى نحـو أفضـل» مسـعىً رئيسـياً لتعزيـز التحالـف الديمقراطـي الـذي تشـكّل في عـام 2020 والبنـاء عليـه. وترتبـط هـذه المسـاعي بإنفـاق حكومـي ضخـم مضـاف إلى مـا كان يمثـل في نهايـة عـام 2020 نسـبة عاليـة مـن الديـون الفيدراليـة إلى الناتـج المحـلي الإجـمالي (نحـو 130%)[49]، وهـذا توجـه سـيكشـف إذا مـا كانـت البنـوك المركزيـة قـادرة عـلى التحكـم في التضخـم والديـون مـن خـلال السياسـة النقديـة أم لا، علـماً بـأن السياسـة النقديـة الحاليـة ليسـت سـوى وسـيلة لتحقيـق أهـداف سياسـية أكـبر.

ووفقـاً لتعبـير أحـد منتقـدي سياسـات الإدارة، «يسـتخدم الرئيـس بايـدن والأغلبيـة الديمقراطيـة ذريعـة الوبـاء لإدخـال طابـور خامـس في أعـلى دوائـر السـيطرة عـلى الاقتصـاد الأمريـكي، وتحقيـق اسـتحواذ اقتصـادي لـن يكـون ممكنـاً في غيـاب أغلبيـة كـبرى في مجلـس الشـيوخ»[50]. وبالنسـبة إلى مؤيـدي الإدارة، يعمـل الرئيـس بايـدن عـلى إنجـاز أجنـدة طموحـة لتغيـير سياسـة الهجـرة، والرعايـة الصحيـة، والرعايـة الاجتماعيـة، والطاقـة، ومناهضـة التمييـز، والانتخابـات، والبنيـة التحتيـة – ويضـع الأسـاس، في أثنـاء ذلـك، لأغلبيـة حاكمـة جديـدة[51].

---

48. John Gramlich. 2021. "What the 2020 Electorate Looks Like by Party, Race, Ethnicity, Age, Education, and Religion," Pew Research, https://www. pewresearch.org/fact-tank/2020/10/26/what-the-2020-electorate-looks-like-by-party-race-and-ethnicity-age-education-and-religion/. See also Ashitha Negesh. 2020. "US Election 2020: Why Trump Gained Support Among Minorities," BBC News, https://www.bbc.com/news/world-us-canada-54972389.

49. Federal Reserve Bank of St. Louis. 2021. "Federal Debt," Federal Reserve Economic Data, https://fred.stlouisfed.org/series/GFDEGDQ188S.

50. Nikolai Wenzel. 2021. "Biden's Economic Trojan Horse," Law & Liberty, https://lawliberty.org/bidens-economic-trojan-horse/.

51. Christopher Cadelago. 2021. "Biden Wants to Cement a Governing Majority," Politico, https://www.politico.com/news/2021/04/07/biden-build-back-better-bill-479522.

ثانياً- الولايات المتحدة والشرق الأوسط: تقييم الأيام المئة الأولى لإدارة الرئيس بايدن

جيمس إيه راسل

أعلـن المرشـح جوزيـف بايـدن العديـد مـن أولويـات السياسـة الخارجيـة قبـل وصولـه إلى البيـت الأبيـض. وقـد تضمنـت هـذه الأولويـات التركيـز عـلى الدبلوماسـية والتعـاون متعـدد الأطـراف لمعالجـة المشـكلات العالميـة، مثـل التغيـر المناخـي والحـد مـن التسـلح، كـما أشـارت إلى دور أكبـر «للقِيَم» في السياسـة الخارجيـة الأمريكيـة والتزامـاً أقـوى بإنهـاء «الحـروب الأبديـة» في الـشرق الأوسـط وجنـوب آسـيا، التـي تبـدو لا نهايـة لهـا[52].

وبعـد وصـول بايـدن إلى السـلطة، تصاعـدت التوقعـات بـأن نهـج إدارتـه في الـشرق الأوسـط سـيختلف كثيراً عـن نهـج إدارة ترامـب التـي رفضـت العديـد مـن السياسـات التـي تبنّتهـا إدارة أوبامـا. وكان كثـيرون مـن كبـار مسـؤولي السياسـة الخارجيـة في إدارة بايـدن، مثـل مستشـار الأمـن الوطنـي جيـك سـوليفان ووزيـر الخارجيـة أنتـوني بلينكـن، قـد شـغلوا مناصب مهمـة في إدارة أوبامـا، الأمـر الـذي أدى إلى توقعـات بعـودة السياسـة الخارجيـة الأمريكيـة إلى سـابق عهدهـا ودورهـا القيـادي عـلى السـاحة الدوليـة بـدلاً مـن الانعـزال الـذي شـهدته في ظـل إدارة ترامـب.

ولكـن مـا تكشّـف حتـى الآن خـلال الأيـام المئـة الأولى تجـاه الـشرق الأوسـط هـو نهـج يعكـس سياسـات الإدارتـين السـابقتين مـع قليـل مـن الاختلافـات المهمـة. وربـما يكـون هـذا النهـج ليـس مفاجئـاً، لأن فـترة مئـة يـوم ليسـت كافيـة لإدخـال تغيـيرات شـاملة في السياسـة الخارجيـة، وأن السياسـة الخارجيـة تحددهـا الديناميكيـات الجيوسياسـية وأولويـات السياسـة الداخليـة – وقـد خضـع كلاهـما لتحـولات كبـيرة خـلال العقـد الماضي.

---

52. Priorities drawn from Joe Biden's speech, "Foreign Policy and American Leadership Plan," delivered in New York City, July 11, 2020, https://joebiden. com/americanleadership/. In office, he has emphasized similar themes in public remarks. See "Remarks by President Biden on America's Place in the World," delivered at the State Department, Washington, DC, on February 4, 2021. https://www.whitehouse.gov/briefing-room/speeches-remarks/2021/02/04/ remarks-by-president-biden-on-americas-place-in-the-world/

يتعـيّن عـلى نهـج إدارة بايـدن تجـاه الـشرق الأوسـط أن يتعاطـى مـع هـذه الحقائـق الجديـدة في أثنـاء انتقالهـا مـن أولويـات السياسـة الخارجيـة المعلنـة أثنـاء الحملـة الانتخابيـة إلى التنفيـذ الفعـلي. وكمـا هـي الحـال دائمـاً، عندمـا تتضـارب النظريـة مـع الواقـع تكـون النتائـج مشوَّشـة ولا يمكـن التكهـن بهـا وغـير مُرضيـة.

الحقيقـة الأولى: تعـاني منطقـة الـشرق الأوسـط اليـوم انقسـامـاً متزايـداً بـين كتـل متنافسـة يسـعى كل منهـا بعنـف إلى تحقيـق ميـزة عـلى حسـاب الأخـرى، إمـا بالتنافـس المبـاشر وإمـا مـن خـلال وكلاء إقليميـين[53]. وتتنافـس العديـد مـن دول المنطقـة، بمـا فيهـا دول عربيـة عـدة وإسرائيـل، تنافسـاً مبـاشراً مـع إيـران ووكلائهـا (العـراق وسـوريا) مـن أجـل الهيمنـة الإقليميـة، وتلعـب الولايـات المتحـدة دوراً أقـل مبـاشرةً وتأثيـراً ممـا كانـت عليـه في المـاضي. ويستغـل الفاعلـون الإقليميـون فشـل الولايـات المتحـدة في إقامـة ديمقراطيـة مستقـرة ومواليـة للغـرب في العـراق بقـوة السـلاح، فتتحـول العـراق إلى دولـة مضطربـة تابعـة لإيـران وتعـج بالتحديـات لسـلطة الحكومـة المنتخبـة بفعـل الميليشيـات الشـيعية والإيرانيـة التـي ترهـب المجتمعـات المحليـة[54]. لقـد عـزز فشـل الولايـات المتحـدة في العـراق وضـع إيـران الإقليمـي وقلّـص مكانـة الولايـات المتحـدة وحلفائهـا. وأمضـت إيـران الأعـوام الأربعـة الماضيـة في ترسيـخ مكانتهـا في العـراق، ومواجهـة المملكـة العربيـة السـعودية في الحـرب الأهليـة اليمنيـة التـي وصلـت إلى طريـق مسـدود، وذلـك مـن خـلال دعـم وكلائهـا الحوثيـين، وحققـت الانتصـار لحليفهـا (بشـار الأسـد) في الحـرب الأهليـة السـورية. لـذا فـإن إدارة بايـدن تواجـه هـذه الواقـع الجيوسيـاسي المتغيـر.

---

53. In the spring of 2021, Israel was all but exchanging fire at sea and on land. On April 11, Israel allegedly set off a bomb at Iran's nuclear enrichment site at Natanz. Details in Ronen Bergman, Rick Gladstone, and Farnaz Fassihi, "Blackout Hits Iran Nuclear Site in What Appears to Be Israeli Sabotage," *New York Times*, April 11, 2021. On April 7, Israel reportedly attacked the Iranian vessel *MV Saviz* in the Red Sea, allegedly used by the Iran Revolutionary Guard Corps as a floating command/logistics base. Details in Farmaz Fassihi, Eric Schmitt, and Ronen Berman, "Israel and Iran Skirmishes Escalate as Mine Damages Iranian Military Ship," *New York Times*, April 6, 2021.

54. Qassim Abdul-Zahra and Zeina Karam, "A growing challenge for Iraq: Iran aligned militias," *Associated Press*, March 30, 2021.

الحقيقة الثانية: في السياسة الداخلية الأمريكية، لم يعُد هناك تحالف وسطي في الكونغرس يدعم نهج الولايات المتحدة تجاه العالم، كما لا يوجد إجماع حول كيفية الحكم في الداخل. ولا تزال السياسة الأمريكية منقسمة انقساماً مريراً يعقِّد سلوك السياسة الخارجية ويضعفه. ولا تستطيع الولايات المتحدة أن تقود بفعالية وأن تستعرض قوتها في الخارج إذا لم تكن موحّدة في الداخل. ورغم أن هذه الانقسامات كانت موجودة قبل أربع سنوات، فقد تعمدت إدارة ترامب تأجيج هذه الانقسامات كجزء من نهج عام للحكم يقوم على أساس مبدأ «فرِّق تسد». ويرفض الحزب الجمهوري اليوم دعم أي شيء يشابه نهج السياسة الداخلية والخارجية الوسَطي البراغماتي. وهذا يترك الديمقراطيين وحيدين، ويفتقرون إلى الإجماع على مكانة الولايات المتحدة على الصعيد العالمي أيضاً.

الحقيقة الثالثة: ثمة شعور شعبي أمريكي بأن تراجع الدور الأمريكي في الشرق الأوسط قد يكون انعكاساً للإرهاق الناجم عن عشرين عاماً من الحروب غير الحاسمة والمكلِّفة والمميتة، التي لم تسفر عن أي تأثير استراتيجي في العراق وأفغانستان[55]. وربما تعكس هذه الإخفاقات بروز إجماع متزايد في مجتمع السياسة الخارجية بواشنطن على وجوب أن تقلل الولايات المتحدة من تورطها في جميع أنحاء الشرق الأوسط، وأن تعطي الأولوية، بدلاً من ذلك، لإعادة بناء شراكاتها المهترئة في أوروبا ومنطقة المحيط الهندي والمحيط الهادي لمواجهة التحديات الأهم الآتية من موسكو وبكين[56].

فهذه الحقائق تحدد تقييم الأيام المئة الأولى لإدارة بايدن، وفيما يلي سيستعرض هذا الفصل أولويات السياسة الإقليمية الرئيسية لإدارة بايدن، والاستراتيجيات المستخدمة لتحقيق هذه الأولويات، ومسألة الاستمرار والتغيير بين الإدارات، وتداعيات هذه السياسات على المنطقة على المدى الطويل.

---

55. Summarized in Edward Wong, "Americans Demand a Rethinking of the Forever War," *New York Times*, February 2, 2020.

56. The latest example are arguments expressed by Senator Christopher Murphy (D-CT) in "America's Middle East Policy is Dangerous and Outdated: A New Approach to the Gulf States Needs a Better Foundation," *Foreign Affairs*, February 19, 2021. Murphy serves on the Senate Foreign Relations Committee.

إيـران وخطـة العمـل الشـاملة المشـتركة (الاتفـاق النـووي الإيرانـي)

تمثـل العـودة إلى خطـة العمـل الشـاملة المشـتركة (الاتفـاق النـووي الإيراني) الأولويـة الإقليميـة القصـوى لإدارة بايـدن بعـد توليهـا مقاليـد السـلطة. ففـي مايـو 2018، انسـحبت إدارة ترامـب أحاديـاً مـن الاتفـاق الـذي توصلـت إليـه إدارة أوبامـا بشـق الأنفس، ثم نفـذت سياسـة «الضغـوط القصـوى» ضـد إيـران التـي تضمنـت فـرض عقوبـات مباشـرة علـى 500 مـن الكيانـات والشـخصيات الإيرانيـة.

وبعـد الانسـحاب مـن الاتفـاق النـووي الإيراني، صعّـدت إدارة ترامـب الحـرب الأمريكيـة-الإيرانيـة غيـر المعلنـة التـي اسـتمرت طـوال 40 عامـاً، وذلـك مـن خـلال أفعـال مثـل اغتيـال الجنـرال قاسـم سـليماني، قائـد فيلـق القـدس التابـع للحـرس الثـوري الإيرانـي، في أثنـاء مغادرتـه مطـار بغـداد في 3 ينايـر 2020. وبعـد الاغتيـال، دخلـت الولايـات المتحـدة وإيـران في موجـة مـن ردود الفعـل العنيفـة المتبادلـة بـين الطرفـين أدت إلى زيـادة التوتـرات الإقليميـة والخـوف مـن أن يتحـول التصعيـد إلى حـرب مفتوحـة. ومـع تصاعـد التوتـرات، أوردت الأخبـار أن مسـتويات القـوات الأمريكيـة في الخليـج بلغـت نحـو 90 ألفـاً، وهـذه مسـتويات لم تحـدث منـذ الاحتـلال الأمريكـي للعـراق. وفي مـارس 2021، بـدأت إدارة بايـدن في تقليـص الوجـود العسـكري الأمريكـي في المنطقـة، جزئيـاً لتخفيـف حـدة هـذه التوتـرات[57].

علـى الرغـم مـن أن إدارة بايـدن أعلنـت رغبتهـا في إيجـاد طريقـة للعـودة إلى خطـة العمـل الشـاملة المشـتركة، فقـد وجـدت أن مجـال المنـاورة محـدود للغايـة بسـبب التوتـرات الأمريكيـة-الإيرانيـة المسـتعرة، كـما أنهـا واجهـت معارضـة داخليـة في مجلـس الشـيوخ، نشّـطها اللـوبي الإسرائيـلي القـوي وشـكوك شـركائها الإقليميـين الذيـن لم يؤيـدوا الاتفـاق قـط. وفي أثنـاء ذلـك، طالـب الإيرانيـون برفـع العقوبـات أحاديـاً كشـرط مسـبق للمناقشـات حـول العـودة إلى الاتفـاق. كـما أن الاغتيـال الإسرائيـلي المزعـوم لعالِـم نـووي كبيـر في شـوارع طهـران في ديسـمبر 2020 أدى إلى المزيـد مـن تسـميم الأجـواء.

وبعـد تـولي بايـدن منصبـه، وجـدت إدارتـه نفسـها وسـط أنمـاطٍ مـن ردود الفعـل العنيفـة المتبادلـة التـي بدأتهـا إدارة ترامـب مـع الإيرانيـين عقـب اغتيـال الجنـرال سـليماني. ففـي 25 فبرايـر 2021،

---

57. Gordon Lubold and Warren P. Strobel, "Biden trimming forces sent to Middle East to help Saudi Arabia," *Wall Street Journal*, April 1, 2021.

أمـرت الإدارة بشــن غـارة جويـة عـلى ميليشـيا ترعاهـا إيـران في موقـع عـلى الحـدود السـورية-العراقيـة ويُزعـم أنهـا تُسـتخدَم لنقـل الأسـلحة إلى الميليشيات. وكانـت تلـك الميليشيا قـد قصفت، في 15 فبرايـر، مطـار إربيـل الـذي تسـتخدمه الولايـات المتحـدة وشركاؤهـا وأسـفر القصـف عـن مقتـل مقـاول فلبينـي وإصابـة سـتة آخريـن (مـن بينهـم أحـد أفـراد حـرس لويزيانـا الوطنـي). ووفقـاً لتقاريـر صحفيـة، رفـض بايـدن خيـارات القصـف الأكـثر عنفـاً واتسـاعاً داخـل العـراق[58].

بـدت إدارة بايـدن في أول أمرهـا متعـثِّرة في محاولتهـا للتحـرك في مسـار مقبـول لـكلا الجانبـين الأمريـكي والإيـراني لـكي يعـودا إلى خطـة العمـل الشـاملة المشـتركة، وبـدا كل مـن الجانبـين غـير مسـتعد لاتخـاذ الخطـوات الأولى. ولـكي تعـود الولايـات المتحـدة إلى الاتفـاق النـووي الإيـراني، عليهـا رفـع مجموعـة مذهلـة مـن العقوبـات[59] التـي رأى بعضهـم أنهـا تمثـل شـكلًا مـن أشـكال «الحـرب الاقتصاديـة» عـلى إيـران وأنهـا، مـن بـين عوامـل أخـرى، منعـت طهـران مـن الحصـول عـلى قـرض مـن صنـدوق النقـد الـدولي للمسـاعدة في مكافحـة وبـاء «كوفيـد-19»[60]. وبالنسـبة إلى إيـران، لا بـد مـن اتخـاذ مجموعـة متنوعـة مـن الإجـراءات منهـا: وقـف تخصيـب اليورانيـوم إلى نسـبة 20% أو أكـثر[61]، وتخفيـض مخزونهـا مـن اليورانيـوم المخصـب، وتفكيـك أجهـزة الطـرد المركـزي في منشـأة نطنـز لتخصيـب اليورانيـوم. ولكـن بحلـول إبريـل

58. Helene Cooper and Eric Schmitt, "US Airstrikes in Syria Target Iran-Backed Militias That Rocketed American Troops in Iraq," *New York Times*, February 25, 2021.

59. Detailed in Nahal Toosi, "Trump left behind a sanctions minefield for Biden," *Politico*, January 30, 2021.

60. As argued in Gregory Shupak, "US Wages Economic War on Iran during the pandemic as mainstream media looks away," *Salon*, April 9, 2020.

61. In February 2021, Iranian Supreme Leader Ayatollah Ali Khamenei stated on Iranian TV: "Iran's uranium enrichment level will not be limited to 20 percent. We will increase it to whatever level the country needs ... We may increase it to 60 percent." Quoted in Parisa Hafezi, "Khameini says Iran may Enrich Uranium to 60 percent purity if needed," *Reuters*, February 17, 2021. On April 16, Iran announced that it would proceed with enriching its uranium stockpile to 60 percent purity. Details in Jon Gambrell, "Iran starts enriching uranium to 60 percent, its highest level ever," *Associated Press*, April 17, 2021.

2021، كانـت إيـران قـد تجـاوزت قيـود خطـة العمـل الشـاملة المشـتركة بكثيـر فيمـا يتعلـق بجميـع هـذه العناصـر الحاسـمة.[62]

وبـدأ الطرفـان أخـيراً مناقشـة العـودة إلى خطـة العمـل الشـاملة المشـتركة، وذلـك عـلى هامـش اجتماعـات مجموعـة الخـبراء في فيينـا في بدايـة إبريـل. وتشـير التقاريـر الأوليـة إلى أن الطرفـين اتفقـا عـلى إنشـاء مجموعـات عمـل تُعنـى بمزامنـة رفـع العقوبـات الأمريكيـة مـع الخطـوات الإيرانيـة المقابِلـة مـن أجـل إعـادة الطرفـين إلى الامتثـال للاتفـاق[63]. وتواجـه المحادثـات شـاقة، وتتضـح الصعوبـات التـي تواجـه العـودة إلى الاتفـاق في إعـلان إيـران البـدء في تخصيب اليورانيـوم إلى نسـبة 60% والمـؤشرات عـلى أن الولايـات المتحـدة قـد تواصـل العقوبـات التـي فرضتهـا إدارة ترامـب والمتعلقـة بالأنشـطة الإرهابيـة الإيرانيـة.

العلاقات الأمريكية-العربية

الأولويـة الإقليميـة الثانيـة لإدارة بايـدن هـي إعـادة صياغـة علاقـات الولايـات المتحـدة الأمريكيـة مـع شركائهـا الرئيسـيين مـن الـدول العربيـة، وذلـك ضمـن حـدود معينـة. وبنـاءً عـلى تركيـز هـذه الإدارة عـلى حقـوق الإنسـان وتأكيدهـا عـلى الدبلوماسـية والحـد مـن الاعتمـاد عـلى الأدوات العسـكرية، اتخـذت خطـوات لإعـادة ضبـط علاقاتهـا مـع شركائهـا الرئيسـيين مـن الـدول العربيـة، وهـي المملكـة العربيـة السـعودية ودولـة الإمـارات العربيـة المتحـدة ومصر.

بعدمـا وصـف الرئيـس بايـدن في حملتـه الرئيسـية المملكـة العربيـة السـعودية، وهـي شريـك اسـتراتيجي تاريخـي للولايـات المتحـدة الأمريكيـة، بأنهـا دولـة «منبـوذة»، قـرر نـشر تقريـر اسـتخباراتي عـن قتـل الصحفـي جمـال خاشـقجي في القنصليـة السـعودية في إسـطنبول في أكتوبـر 2018 وأعلـن عقوبـات تسـتهدف 76 شخصـاً سـعودياً يُعتقـد أنهـم متورطـون في تهديـد المعارضـين في الخـارج. ولكـن وزيـر الخارجيـة الأمريكـي أنتـوني بلينكـن صرح قائـلاً: «لقـد سـعينا مـن خـلال الإجـراءات التـي اتخذناهـا إلى عـدم قطـع العلاقـات بـل إلى إعـادة ضبطهـا بحيـث تتوافـق أكثـر مـع

---

62. Steps required by both sides outlined in Naysan Rafati, "The Arduous Path the Restoring the Iran Nuclear Deal," *Arms Control Today*, April 2021.

63. Steve Erlanger, "Iran and US Agree on Path Back to Nuclear Deal," *New York Times*, April 6, 2021.

مصالحنا وقيمنا. وعلينا أن نـدرك أن هـذا الأمـر أكبر مـن أي شـخص واحـد أيضاً».[64] كـما أشـار بايدن إلى أن التفاعـلات رفيعـة المسـتوى مـع المملكـة سـتتم في المسـتقبل عـبر قنـوات أكـثر رسـمية مـن خـلال العاهـل السـعودي الملـك سـلمان بـن عبـد العزيـز بـدلاً مـن الشـبكات غـير الرسـمية التـي غلبـت عـلى إدارة العلاقـات الأمريكية-السـعودية أيـام ترامـب.

بالتزامـن مـع إصـدار التقريـر الاسـتخباراتي، بـاشرت إدارة بايـدن عمليـة مراجعـة لصفقـات بيـع الأسـلحة، مؤخـراً، لـكل مـن المملكـة العربيـة السـعودية ودولـة الإمـارات العربيـة المتحـدة أيضاً. ففـي أواخـر عـام 2020، أبلغـت إدارة ترامـب الكونغـرس بنيتهـا الموافقـة عـلى شراء المملكـة العربيـة السـعودية صواريـخ دقيقـة التوجيـه تبلـغ قيمتهـا 478 مليـون دولار أمريـكي وشراء دولـة الإمـارات العربيـة المتحـدة طائـرات «إف-35» المقاتلـة في صفقـة ضخمـة تبلـغ قيمتهـا 23 مليـار دولار أمريـكي. وفي جلسـات إحاطـة للكونغـرس الأمريـكي في 14 إبريـل، أشـارت إدارة بايـدن إلى أنهـا سـتوافق عـلى صفقـة بيـع الطائـرات للإمـارات العربيـة المتحـدة عـلى الرغـم مـن معارضـة الكونغـرس، بينـما تميـل إلى جعـل المبيعـات الجديـدة للمملكـة العربيـة السـعودية تقتـصر عـلى الأسـلحة الدفاعيـة فقـط[65]. وقـد تمـت مراجعـة صفقـة المبيعـات للسـعودية بسـبب أولويـة أخـرى في السـياسـة الخارجيـة في المنطقـة، وهـي رغبـة إدارة بايـدن في إنهـاء الحـرب الدائـرة في اليمـن.

كجـزء مـن نيـة إدارة بايـدن تقليـص حضورهـا العسـكري في المنطقـة، تتحـدث تقاريـر عـن سـحبها ثـلاث بطاريـات صواريـخ باتريـوت مـن الخليـج العـربي، مـن بينهـا واحـدة في قاعـدة الأمـير سـلطان الجويـة جنـوب الريـاض[66]. وقـد تصـدت المملكـة العربيـة السـعودية خـلال السـنوات القليلـة الماضيـة لهجـمات متكـررة شـنها الحوثيـون باسـتخدام الصواريـخ وطائـرات الـدرون، كان أبرزهـا الهجـوم بالصواريـخ وطائـرات الـدرون عـلى مصفـاة النفـط في بقيـق في سـبتمبر 2019. وتـورد بعـض التقاريـر أن قـوات الدفـاع الجـوي الملـكي السـعودي

---

64. Quoted in Ncole Gaouette and Jeremy Herb, "US intelligence report finds Saudi Crown Prince responsible for approving operation that killed Khashoggi," *CNN*, February 26, 2021.

65. Michael Crowley and Edward Wong, "US is Expect to Approve Some Sales to UAE and Saudis," *New York Times*, April 14, 2021.

66. Gordon Lubold and Warren P. Strobel, "Biden Trimming Forces Sent to Mideast to Help Saudi Arabia," *Wall Street Journal*, April 1, 2021.

تمكنـت مـن اعـتراض 350 صاروخـاً بالسـتياً و350 طائـرة درون محملة بالمتفجـرات أطلقهـا الحوثيـون، وذلـك باسـتخدام صواريـخ «باتريـوت بيـس 3» وغيرهـا مـن أنظمـة الدفـاع الجـوي التـي وردتهـا لهـا الولايـات المتحـدة الأمريكيـة، وهـي نسـبة يشـيد بهـا بعضهـم[67]. ومـن المتوقـع أن تواصـل إدارة بايـدن دعـم أنظمـة الدفـاع الصاروخـي التـي توردهـا للمملكـة العربيـة السـعودية.

في إبريـل 2021، بـرزت مشـكلة أخـرى حـول بيـع الأسـلحة، وكانـت هـذه المـرة لجمهوريـة مـصر العربيـة. فبعدمـا وصـف الرئيـس بايـدن في حملتـه الانتخابيـة الرئيـس المـصري عبدالفتـاح السـيسي بأنـه «الدكتاتـور المفضـل» للرئيـس ترامـب وتعهـده بوقـف تقديـم «شـيكات عـلى بيـاض» لـه، واجـه مشـكلة مـع الأعضـاء الديمقراطيـين في الكونغـرس بخصـوص الصفقـة المقترحـة لبيـع مـصر صواريـخ ومعـدات بقيمـة 197 مليـون دولار أمريكـي. فقـد تزامـن الإعـلان عـن الصفقـة التـي ينتقدهـا أعضـاء الكونغـرس الديمقراطيـون مع إصـدار وزارة الخارجيـة الأمريكيـة تقريرهـا السـنوي حـول حقـوق الإنسـان الـذي تحـدث عـن «القتـل غـير المـشروع أو العشـوائي ... والاختفـاء القـسري والتعذيـب والمعاملـة القاسـية أو المهينـة أو غـير الإنسـانية مـن جانـب الحكومـة ...» ومجموعـة مـن الانتهاكـات الأخـرى[68]. ومـا زال مـن غـير الواضـح إذا مـا كانـت إدارة بايـدن ستخضـع صفقـات بيـع الأسـلحة إلى مـصر في المسـتقبل إلى مزيـد مـن التدقيـق.

إن بيـع الأسـلحة وتوفـير التدريـب لهـؤلاء الـشركاء الثلاثـة مـن الـدول الإقليميـة التـي كانـت تربطهـا دائمـاً علاقـات وثيقـة مع الولايـات المتحـدة الأمريكيـة يسـلط الضـوء عـلى تغـير نهـج إدارة بايـدن في إدارة هـذه العلاقـات ويظهـر في الوقـت ذاتـه القيـود التـي تواجههـا في تغييرهـا تغيـيراً كبـيراً. فبقـدر مـا ترغـب الولايـات المتحـدة الأمريكيـة في تأكيـد أهميـة «القيـم» في هـذه العلاقـات، تبقـى حقيقـة أن القيـم دائمـاً مـا كانـت تأتـي في المرتبـة الثانيـة بعـد الاعتبـارات الجيوسياسـية التـي تشـكل الأسـاس القـوي للعلاقـات الأمنيـة والاستخباراتيـة الواسـعة بـين الولايـات المتحـدة الأمريكيـة وهـذه الـدول.

---

67. Riad Kahwaji, "Saudi air defense stops most Houthi strikes," *Breaking Defense*, March 30, 2021.

68. Yeganeh Torbati and John Hudson, "US policy toward Egypt sparks conflict between Congressional Democrats and Biden," *Washington Post*, April 2, 2021.

العلاقات الأمريكية-الإسرائيلية

مـن المهـم ملاحظـة أن العلاقـات الأمريكيـة-الإسرائيليـة، التـي كانـت في وقـت مـن الأوقـات تتبـوأ مـكان الصـدارة في الاسـتراتيجية الإقليميـة، أُعطيـت أولويـة أدنى في هـذا التقييـم. وهـذا يعـزى جزئيـاً إلى أن العلاقـات الأمريكيـة-الإسرائيليـة مـا زالـت قويـة بشـكل لا يمكـن لأحـد إنـكاره ولا تحتـاج إلى إصـلاح. وإدارة بايـدن تسـعى إلى مواصلـة مسـار إدارة ترامـب في تعزيـز الشـراكات بـين إسرائيـل والـدول العربيـة التـي بـدأت مـع توقيـع الاتفـاق الإبراهيمـي في أغسطس 2020. وبينمـا مـا زالـت المملكـة العربيـة السـعودية رسـمياً خـارج إطـار الاتفـاق الـذي تـم بـين إسرائيـل ودولـة الإمـارات العربيـة المتحـدة ومملكـة البحريـن، فقـد أصبحـت هـي نفسـها شريـكاً غـير رسـمي وغـير معلـن مـع إسرائيـل في التحالـف الإقليمـي المناهـض لإيـران[69].

بينمـا أعلنـت إدارة بايـدن التزامهـا بحـل الدولتـين بـين إسرائيـل والفلسطينيين، فـلا توجـد إرادة سياسـية للضغـط عـلى إسرائيـل أو إقناعهـا بالتوصـل إلى اتفـاق بشـأن الدولـة الفلسطينيـة. وهـذا يـترك مـا يقـدر بمليونـين وسـبعمئة ألـف فلسطيني في الضفـة الغربيـة ومليـون ونصف المليـون في مخيمـات اللجـوء دون فرصـة للاسـتقلال في المسـتقبل المنظـور. وباختصـار فـإن إدارة بايـدن، كـما كانـت حـال الإدارات الثـلاث السـابقة في التعامـل مـع اللامبـالاة الإسرائيليـة المسـتمرة، تخلـت عـن محاولـة مسـاعدة الفلسـطينيين في إنشـاء دولـة مسـتقلة في الضفـة الغربيـة.

الخاتمة

كـما أشرنـا في بدايـة هـذا الفصـل، فـ إن الأيـام المئـة الأولى لإدارة بايـدن تظهـر العقبـات الكثـيرة التـي تواجههـا في سـعيها لتحقيـق اثنتـين مـن أولوياتهـا الرئيسـية في المنطقـة، وهـما إعـادة إبـرام الاتفاقيـة الهادفـة إلى تقييـد البرنامـج النـووي الإيـراني وإعـادة صياغـة علاقاتهـا مـع شركائهـا مـن الـدول العربيـة. وكـما بينّـا، تجد إدارة بايـدن نفسـها تتعامـل مـع إرث سياسـة إدارة ترامـب، التـي سـتحافظ عـلى جـزء منهـا مثـل الاتفـاق الإبراهيمـي. فالعوامـل الجيوسياسـية واعتبـارات السياسـة المحليـة تتصـادم فيـما بينهـا بشـكل يحـدد ملامـح السـعي لتحقيـق هـذه الأهـداف.

---

69. "Netanyahu holds secret meetings with Saudi crown prince, *The Guardian*, November 23, 2020. See also, Ben Hubbard, David M. Halbfinger and Ronen Bergman *"Israeli Reports Say Netanyahu Met Saudi Crown Prince. Saudis Deny It*," *New York Times,* November 23, 2020.

تنطـوي المواجهـة مـع إيـران عـلى اعتبـارات مهمـة عـلى المـدى الطويـل. ففـي غيـاب القيـود التـي يفرضهـا الاتفاق النووي، قـد تواصـل إيـران طريقهـا نحـو امتـلاك قدرات نوويـة كامنـة أو فعليـة. وهـذه النتيجـة قـد تفضـي إلى مجموعـة مـن السـيناريوهات غير المحبـذة، بمـا في ذلـك انطـلاق سـباق تسـلح نـووي في المنطقـة ونشـوب حـرب فعليـة بـين تحالـف الـدول العربيـة وإسرائيـل مـن جانـب وإيـران وحلفائهـا مـن جانـب آخـر قـد تنجـر إليهـا الولايـات المتحـدة الأمريكيـة.

أمـا الاعتبـارات المرتبطـة بإعـادة صياغـة العلاقـات مـع الـدول العربيـة فهـي مختلفـة، ولكنهـا ذات صلـة أيضـاً. فهـي تجبـر الولايـات المتحـدة الأمريكيـة عـلى معالجـة معضلـة سياسيـة مزعجـة. قـد يكـون مـن الصعـب تغيـير علاقـات توريـد الأسـلحة والروابـط الأمنيـة مـع هـؤلاء الـشركاء التاريخيـين مـع محاولـة تحميلهـا في الوقـت ذاتـه المزيـد مـن المسـؤوليات الإقليميـة كجـزء مـن انسـحاب الولايـات المتحـدة الأمريكيـة مـن المنطقـة بشـكل عـام. إذا حدثـت السـيناريوهات غير المحبـذة المذكـورة أعـلاه، فقـد تتعـرض الولايـات المتحـدة الأمريكيـة لضغـوط مـن أجـل التدخـل عسـكرياً. وفي هـذه الحالـة، سـتضطر إلى العمـل مـرة أخـرى مـع شركائهـا التاريخيـين مـن الـدول العربيـة التـي توفـر مرافـق حيويـة لأي عمليـات عسـكرية في المنطقـة. وفي هـذا السـيناريو المدمـر، سـتُنحى جانبـاً وبشـكل حتمـي جميـع اعتبـارات القيـم وحقـوق الإنسـان.

في الختـام، يبـدو الطبـق الإقليمـي لإدارة بايـدن مملـوءاً بمشـكلات شـديدة التعقيـد تجب معالجتها كلهـا في الوقـت ذاتـه.[70] وإذا كان مـن درس يقدمـه التاريـخ، فهـو أن المنطقـة سـتبقى غـير مسـتقرة ومملـوءة بالمفاجـآت، مـا سيسـتدعي نهجـاً معقـداً في السياسـة الخارجيـة للتعامـل معهـا كلهـا خـلال المـدة المتبقيـة مـن ولايـة بايـدن الأولى. فالأيـام المئـة الأولى ليسـت سـوى بدايـة عمـا سـتكون عليـه في أربـع سـنوات مقبلـة حافلـة بالإثـارة والمفاجـآت.

---

70. Ibid.

ثالثاً- الولايات المتحدة الأمريكية وروسيا: هل المواجهة حتمية؟

يوسي ميكلبيرغ

عادة ما يكون للأشهر التي تلي تنصيب الرؤساء الأمريكيين دور كبير في رسم مسارهم خلال المدة المتبقية من ولايتهم، حيث يحددون فيها أولوياتهم ويعينون الأشخاص المناسبين في المناصب الرئيسية ويفرضون سلطتهم (أو لا يفرضونها). وقد وصل الرئيس جو بايدن إلى البيت الأبيض في فترة شهدت واحداً من أكبر الانقسامات في تاريخ البلاد وبعد حملة انتخابية لم تترك أي شكوك بشأن مدى الحاجة إلى معالجة الجروح الداخلية وتعزيز المصالح الأمريكية على الساحة الدولية. وهذا يتطلب القدرة على الموازنة بدقة بين الشؤون الداخلية والخارجية عند تحديد الأولويات التي تكمل بعضها بعضاً، في وقت تزداد فيه التوترات والصراعات على الساحة الدولية.

أحد الافتراضات الخاطئة حول بايدن، ربما بسبب تقدمه في السن، هو أن فترة رئاسته ستشهد القليل من النشاط وسيجري التركيز فيها على استعادة توازن السفينة بعد الاختلال الكبير الذي سببه سلفه في البيت الأبيض. كان أصحاب هذا الرأي يتصورون أن دور بايدن سيقتصر على استعادة الاستقرار والمحافظة على الوضع الراهن قبل أن يسلم الراية إلى جيل أصغر وأكثر قدرة على معالجة الأمور معالجة جذرية. ولكن إذا نظرنا إلى تحرك الإدارة الحالية بشكل سريع واستباقي على الجبهات جميعها تقريباً خلال الأشهر القليلة الأولى، نرى أنها أثبتت خطأ هذه الافتراضات. ربما يكون هذا بسبب إشكاليات التركة التي خلفتها إدارة ترامب، وعلى رأسها الأزمة العميقة التي يعيشها العالم اليوم نتيجة جائحة فيروس كورونا «كوفيد- 19». فخبرة بايدن الواسعة في الساحة السياسية في واشنطن دفعته إلى التحرك بشكل عاجل بدءاً من اليوم الأول في رئاسته، ما يزيد من فرصه في ترك بصمة واضحة.

سارعت الإدارة الأمريكية الجديدة إلى استئناف الحوار البنّاء مع المجتمع الدولي، مؤكدة عودة مبدأ التعددية للعب دور محوري في فترة رئاسة بايدن. ولكن هذه الإدارة قد تواجه تحديات أكبر من المتوقع بسبب تخلي الولايات المتحدة الأمريكية عن دورها القيادي في الشؤون الدولية في عهد ترامب واحتمال أن تواجه صعوبة في استعادة ذلك الدور، إلى جانب الثقة بكفاءتها وحسن نياتها. علاوة على ذلك، سارعت دول

أخرى إلى ملء فراغ القيادة الذي خلفه انسحاب الولايات المتحدة الأمريكية، وتأتي الصين في صدارة هذه الدول، حيث استغلت هذا الانسحاب لتسعى إلى المنافسة بقوة على الهيمنة من خلال زيادة قاعدة قوتها الجيوسياسية والاستثمار في القوة الناعمة والمشاركة بشكل كبير في المؤسسات المتعددة الأطراف. ولتستعيد إدارة بايدن مكانة الولايات المتحدة الأمريكية كقائدة للعالم، يجب عليها التغلب على الشكوك الداخلية المتزايدة بشأن جدوى العمل من خلال المؤسسات الدولية المتعددة الأطراف أيضاً. ومع التقلبات التي تشهدهما الساحتان الدولية والمحلية، يجب على واشنطن الموازنة بدقة بينهما. ولكي تنجح جهود استعادة النهج التعددي على الساحة الدولية، من المهم جداً أن تعود الولايات المتحدة الأمريكية إلى دورها القيادي في منظمة حلف شمال الأطلسي (الناتو).

أظهرت الأيام المئة الأولى لإدارة بايدن بأنه رئيساً شديد النشاط ويختلف اختلافاً كبيراً عمن سبقوه. فعلى الصعيد الداخلي، أعطى بايدن الأولوية بوضوح لبرنامج التطعيم واعتمد حزمة كبيرة لمساعدة المتأثرين بجائحة فيروس كورونا، تكملها استثمارات ضخمة في البنية التحتية. وعلى الصعيد الدولي، سارع إلى تنفيذ وعوده الانتخابية بالعودة إلى اتفاقية باريس للمناخ ومنظمة الصحة العالمية ومجلس حقوق الإنسان التابع للأمم المتحدة، وبدأ مفاوضات غير مباشرة مع إيران بشأن العودة إلى الاتفاق النووي المسمى بخطة العمل الشاملة المشتركة. ولكن بايدن أظهر قوة وحزماً في مواجهة كل من الصين وروسيا أيضاً.

في توازن القوى الدولي السائد، تبرز الولايات المتحدة الأمريكية والصين باعتبارهما المنافسين والندين الرئيسيين في الساحة الدولية. كما أن التنافس بين الخصمين القديمين في الحرب الباردة، وهما الولايات المتحدة الأمريكية وروسيا، اللتان تتبادلان الضربات على الملأ، يتسم بالأهمية ذاتها وله آثار أكبر بالنسبة إلى أوروبا والسلم العالمي. هذه التطورات ستستدعي حتماً إعادة تعريف دور منظمة حلف شمال الأطلسي (الناتو). ففي عالم تلاشى فيه التفاؤل الذي ساد في حقبة ما بعد الحرب الباردة بشأن إمكانية معالجة الشؤون الدولية بشكل رئيسي من خلال الطرق الدبلوماسية والسبل السلمية الأخرى، تزداد أهمية الناتو للدفاع عن المصالح والقيم الغربية ويبرز مجدداً باعتباره أداة مهمة من أدوات السياسة الخارجية الأمريكية، وتحديداً في علاقاتها مع روسيا.

أجندة بايدن على صعيد السياسة الخارجية

أحد التحديات الأولى بالنسبة إلى بايدن في مجال السياسة الخارجية هو وقف تراجع مكانة الولايات المتحدة الأمريكية وتأثيرها في السياسة الدولية. فهناك شعور قوي ضمن إدارته بأن على بلاده أن تستعيد دورها في قيادة العالم الديمقراطي من خلال إصلاح الجبهة الداخلية والعودة إلى أفضل نهج لها في التعامل مع عالم متعدد الأطراف. في وقت سابق من هذا العام، بدأ بايدن أول خطاب رئيسي له حول السياسة الخارجية ألقاه أمام المشاركين في مؤتمر ميونيخ الأمني الذي عُقد بشكل افتراضي قائلاً بكل وضوح: «إنني أرسل رسالة واضحة للعالم كله مفادها أن الولايات المتحدة الأمريكية قد عادت. والتحالف بين دول شمال الأطلسي عاد. ونحن لا ننظر إلى الوراء، بل نتطلع إلى الأمام معاً».

في حين أن بعض الأنماط والخلافات القديمة في الشؤون العالمية ما زالت سائدة اليوم، هناك ديناميات جديدة أيضاً. والأمران يتطلبان تعاوناً مع حلفاء يشتركون مع الولايات المتحدة الأمريكية في القيم ووجهات النظر، بالإضافة إلى إظهار المرونة والتصميم. فالتغير المناخي، والهجمات على التجارة الحرة، والتطرف والإرهاب، والتدخلات في الانتخابات، والأمن السيبراني، والدفاع عن حقوق الإنسان وتعزيزها ودعم القانون الدولي، والنزاعات الإقليمية غير المحسومة وعدم الاستقرار في مناطق مثل الشرق الأوسط وأمريكا الجنوبية، وانتشار الأسلحة النووية، موضوعات كلها على أجندة السياسة الخارجية الأمريكية. وفي الكثير من هذه الموضوعات تواجه الولايات المتحدة الأمريكية الصين وروسيا، اللتين تتعارض نظرتاهما العملية والأيديولوجية، وإن كان هناك احتمال لوجود بعض الأسس المشتركة بينهما.

أظهرت المؤشرات الأولى أن بايدن لا ينوي المشاركة في الشؤون الدولية فحسب، بل يعتزم لعب دور رئيسي فيها أيضاً، ما يعني اعترافاً بأن انكفاء الولايات المتحدة الأمريكية على نفسها هو أمر غير مجدٍ وغير مرغوب. فقد كان من أول القرارات التي اتخذها بايدن إنهاء الوجود الأمريكي في أفغانستان وخفض العمليات في العراق. ولكن الولايات المتحدة الأمريكية ما زالت مستمرة في تقديم التدريب والمشورة للحيلولة دون عودة طالبان أو داعش أو بروز أي تنظيم متطرف مماثل. كما تراجع بايدن عن قرار الإدارة السابق بتحديد سقف لعدد القوات الأمريكية في ألمانيا، ما يشير إلى التزامه العميق بمنع التهديدات لحلفائه الأوروبيين ضمن استراتيجية أكبر للدفاع عن الديمقراطيات والقيم الديمقراطية.

في هـذا السـياق، يبـدو أن التحديـين الرئيسـيين والواضحـين مصدرهـما بكـين وموسكو. فالصـين تعمـل عـلى تعزيـز مكانتهـا وثقتهـا بنفسـها وتتحـول إلى منافـس عـلى الهيمنـة في مختلـف بقـاع العـالم. ولكـن واشـنطن تركـز أكـثر عـلى الكرملـين وتعتـبر روسـيا الطـرف الأخطـر نظـراً إلى هجماتهـا المباشرة عـلى العـالم الديمقراطـي. وفي هـذه المعركـة بـين الإرادتـين، لا بـد للناتـو مـن لعـب دور أساسي في احتـواء موسكو.

موقع الناتو في التفكير الاستراتيجي الأمريكي

بينـما كان ترامب يفتقـد فهـماً أساسـياً للـدور الـذي تلعبـه التحالفـات والمؤسسـات المتعددة الأطـراف في تمكـين الـدول وتقويتهـا، ترسـم نظـرة بايـدن صـورة معاكسـة تمامـاً، حيـث أكـد أن «تحالـف شـمال الأطـلسي يشكل أساسـاً قويـاً، بـل الأسـاس الأقـوى، الـذي يقوم عليـه أمننا الجمعي وازدهارنـا المشـترك. والشراكـة بـين أوروبـا والولايـات المتحـدة الأمريكيـة يجـب أن تبقـى، حجـر الأسـاس لـكل مـا نريـد تحقيقـه في القـرن الحـادي والعشريـن، كـما فعلنا في القـرن العشريـن». فقـد كان حلـف الناتـو منـذ تأسيسـه عـام 1949 بقيـادة الولايـات المتحـدة الأمريكيـة رأس الحربـة في الدفـاع عـن الديمقراطيـات الحـرة المتشـابهة في وجـه الاتحـاد السـوفييتي وحلـف وارسـو.

أثارت إدارة ترامب شكوكـاً خطيرة بشـأن التزامهـا بأمـن أوروبـا، مـا أدى إلى تركيـز الانتباه عـلى علاقـات الناتـو مـع الولايـات المتحـدة الأمريكيـة وشعور بعض الـدول الأوروبيـة بالقلـق، خاصـة إزاء سـلوك روسـيا الميـال للعدوانيـة بشـكل متزايـد. فوجّـه الرئيـس الفرنسـي إيمانويـل ماكرون دعـوة قويـة إلى الأوروبيـين لتبنّـي نهـج «الاسـتقلال الاستراتيجي». وعـلى الرغـم مـن إصرار ماكرون أنـه يؤمـن بالناتـو وأن فكرتـه لا تهـدف إلى الابتعـاد عـن الولايـات المتحـدة الأمريكيـة بـل تحويـل أوروبـا إلى شريـك أقـوى وأكـثر موثوقيـة ضمـن الناتـو، فإنـه قـال إن الناتـو «في حالـة مـوت دماغـي» وشرع في استكشـاف طـرق لتعزيـز التعـاون مـع الرئيـس الروسـي فلاديمـير بوتين، مشـيراً بذلـك لواشـنطن أن لـدى حلفائهـا الأوروبيـين الرئيسـيين شكوكـاً في عمـق التـزام الولايـات المتحـدة الأمريكيـة بالأمـن الجماعـي للناتـو. علاوة عـلى ذلـك، بينـما كانـت هنـاك استمرارية في هـذا الالتـزام تجـاه الناتـو، وإن كان مـع بعـض التفاوتـات مـن حـين إلى آخـر، فـإن سنـوات إدارة ترامب جعلـت الأوروبيـين يتسـاءلون عـن إمكانيـة اعتمادهـم في الدفـاع عـلى التعـاون مـع دولة تتقلـب بهـذا الشـكل الكبـير في التزامهـا بمصالـح أوروبـا الحيويـة، بالإضافـة إلى سـعي الولايـات المتحـدة الأمريكيـة إلى إبـرام اتفاقيـات دفـاع مشـترك مـع العديـد مـن الـدول الأعضـاء في حلـف الناتـو.

سنرى في المستقبل إذا ما كان تحرك بايدن السريع لإعادة التأكيد على التزام واشنطن تجاه الناتو كافياً لطمأنة أعضائه الأوروبيين بأن هذا الحلف ما زال ركناً مهماً من أركان الاستراتيجية الأمنية الأمريكية وسيبقى كذلك على المدى الطويل. وقد عبّر الرئيس بكل وضوح عن التزامه، معلناً أن الولايات المتحدة الأمريكية «ستدعم هدف أن تعيش أوروبا كلها بحرية وتنعم بالسلام. فالولايات المتحدة الأمريكية ملتزمة التزاماً كاملاً بحلف الناتو، وأنا أرحب باستثمار أوروبا المتنامي في القدرات العسكرية الذي يسهم في تمكين دفاعنا المشترك». ولكن استعداد أوروبا لزيادة إنفاقها الدفاعي كان قضية شائكة في العلاقات بين الولايات المتحدة الأمريكية وحلفائها الأوروبيين، وهي قضية استخدمها ترامب كعصا ضد الناتو، ولكنها في الوقت نفسه سبب حقيقي للقلق الأمريكي. فهدف الناتو هو أن تنفق الدول الأعضاء فيه نسبة 2% من إجمالي ناتجها المحلي على الدفاع بحلول عام 2024 على أبعد تقدير. وفي العام الماضي أخفق ثلثا الدول الأعضاء الثلاثين في هذا الحلف العسكري في تحقيق هذه النسبة، وهو أمر يزعج الولايات المتحدة الأمريكية التي تنفق نسبة 3.6% من إجمالي ناتجها المحلي على الدفاع، بما في ذلك مهمتها في الدفاع عن المصالح الوطنية للدول الأوروبية. والجدل حول هذه القضية سيزداد حدة مع ارتفاع تكلفة جائحة فيروس كورونا، في الوقت الذي قد ترتفع فيه تكلفة الأمن في وجه التحديات القديمة والجديدة أيضاً.

من أبرز التحديات التي تواجهها الولايات المتحدة الأمريكية في سياق الناتو هو انسحاب الحلفاء من أفغانستان. فبعد مرور عشرين عاماً على هجمات الحادي عشر من ديسمبر 2001، لا أحد تقريباً يذكر أن هذه كانت المرة الوحيدة التي تُفعَّل فيها المادة الخامسة من معاهدة الناتو، التي تنص على أن أي هجوم على أحد الحلفاء يُعتبر هجوماً على الحلفاء جميعهم. وفي هذه الحالة لم تكن الولايات المتحدة الأمريكية تدافع عن دولة أخرى عضو في تحالف الدفاع الجماعي، بل كان الحلف يتضامن مع قوة عظمى أصيبت بجرح عميق. وعندما تخرج القوات في نهاية المطاف من أفغانستان، فيما أصبح أطول حرب تخوضها الولايات المتحدة الأمريكية، مخلفة وراءها إرثاً متضارباً، قد يُنظر إليه باعتباره نقطة بارزة في العلاقات بين الولايات المتحدة الأمريكية وحلفائها في الناتو أيضاً، حيث اتخذت الولايات المتحدة الأمريكية القرار وتبعتها الدول الأعضاء في الحلف بعدم ارتياح واضح. الأمر المختلف عن الإدارة السابقة هو أن إدارة بايدن تشاورت مع مسؤولي الناتو حول هذه الخطوة وتم إعلانها بشكل مشترك، حتى إن كان من غير الواضح كيف ستواصل المنظمة مساهمتها في استقرار أفغانستان، وهو أمر غير مضمون.

في السنوات الأولى من حقبة ما بعد الحرب الباردة، كان حلف الناتو يجني ثمار تفكك الاتحاد السوفييتي، حيث توسع شرقاً ليشمل بعض دول حلف وارسو السابق، وتراجع بشكل كبير خطر انتشار الأسلحة النووية والمواجهة. كان مصدر التهديدات الرئيسية هو الإرهاب والتطرف وصراعات محلية يجب حلها أو احتواؤها على الأقل، مثل غزو العراق للكويت أو الحروب في يوغسلافيا السابقة. بعض المعلقين اعتبروا تلك الأيام «لحظة القطب الواحد»، عندما أصبحت الولايات المتحدة الأمريكية القوة العظمى الوحيدة. من الناحية التاريخية، كانت هذه مجرد لحظة عابرة انتهت لأسباب عدة أبرزها كارثة غزو العراق في عام 2003 والأزمة المالية التي حلت بعد ذلك بخمس سنوات. كما أثر أيضاً تراجع مكانة الولايات المتحدة الأمريكية في وضع الناتو. وإلى جانب الحاجة إلى مواجهة الإرهاب، عاد تهديد انتشار أسلحة الدمار الشامل مع زيادة عدد الدول التي تمتلك صواريخ باليستية، وأصبحت التهديدات السيبرانية لأمن الحلف «أكثر تكراراً وتعقيداً وتدميراً وتأثيراً»، وزادت تهديدات قطع إمدادات الطاقة واستخدام أساليب الحرب الهجينة التي تشمل الدعاية والخداع والتخريب وتشويه المعلومات وغيرها من الأساليب غير العسكرية، وذلك كله بهدف تقويض المجتمعات وزعزعة استقرارها. هذه التهديدات الجديدة أربكت حلف الناتو والولايات المتحدة الأمريكية بصفتها القوة الرئيسية فيه بسبب كثافتها وعدم إمكانية التنبؤ بها.

تلعب روسيا الساعية إلى استعادة مكانتها تحت قيادة بوتين دوراً رئيسياً في بعض هذه التهديدات، سواء من خلال التدخلات التقليدية في شؤون الدول الأخرى أو من خلال استخدام أساليب الحرب الهجينة داخل الولايات المتحدة الأمريكية وغيرها من الدول الأعضاء في حلف الناتو، وهذا يشكل استفزازاً للحلف ويجعله أكثر يقظة لهذه التدخلات والمغامرات.

التحدي الروسي

بعد الحقبة السوفييتية، لم تتحول روسيا إلى الدولة التي كانت تتخيلها أو تأملها الولايات المتحدة الأمريكية وغيرها من الدول الأعضاء في حلف الناتو. فديمقراطيتها لم تُبنَ على أسس قوية، وفي غياب التقاليد والمؤسسات الديمقراطية الأساسية، كان ظهور زعيم مثل بوتين أمراً ممكناً دائماً، إن لم يكن حتمياً. كما أن الغرب، بقيادة الولايات المتحدة الأمريكية، ارتكب هو الآخر بعض الأخطاء، من بينها توسع الناتو إلى الدول المجاورة لروسيا أو نصب أنظمة دفاع صاروخي في رومانيا، ما أيقظ مخاوف روسيا التاريخية من تعرضها للحصار أو الغزو.

ولكن تحول روسيا إلى دولة «بوليسية استبدادية» أعاد خلط الأوراق بشكل كامل بالنسبة إلى واشنطن وبروكسل.

تنظر الولايات المتحدة الأمريكية وحلفاؤها في الناتو إلى روسيا باعتبارها تهديداً فورياً وغير قابل للتنبؤ. الأمر القابل للتنبؤ هو تنامي الاستبداد في روسيا، حيث ينوي بوتين البقاء في سدة الحكم حتى عام 2036 ويعمل على تغذية المشاعر الوطنية الروسية كمطية لاستمراره في السلطة، وهو أمر يؤدي إلى مغامرات خطيرة في الخارج أيضاً. ففي الخطاب السنوي الذي ألقاه بوتين عن حالة الأمة، وجه تحذيراً للغرب من مغبة تجاوز الخطوط الحمراء مع روسيا، متهماً القوى الغربية بالعمل باستمرار على زعزعة استقرار روسيا وجارتيها روسيا البيضاء وأوكرانيا. السياسة الخارجية الروسية العدوانية، بما في ذلك غزوها لأوكرانيا وضمها لشبه جزيرة القرم، ودعمها للحكام المستبدين والتدخل في الشؤون الداخلية للدول الأخرى ومضايقتها للمعارضين واغتيالهم في الخارج وتدخلاتها في العمليات الديمقراطية في الدول الأخرى تمثل مجتمعة واحداً من أكبر التحديات بالنسبة إلى الناتو.

هذا لا يعني استحالة إيجاد مجالات توافق بين البلدين، كما يظهر في مجال الحد من التسلح. فعلى مدى عقود طويلة، كان ترامب أول رئيس أمريكي يخفق في التوصل إلى اتفاقية بشأن الحد من الأسلحة النووية، حيث انسحبت الولايات المتحدة الأمريكية من معاهدة الأسلحة النووية المتوسطة المدى الموقعة عام 1987، التي تحد من المنصات الأرضية للصواريخ النووية في أوروبا، كما انسحبت من معاهدة الأجواء المفتوحة الموقعة عام 1992 التي كانت تسمح للولايات المتحدة الأمريكية وحلفائها وروسيا بمراقبة الترسانات النووية للأطراف الأخرى باستخدام كاميرات مثبتة على طائرات الاستطلاع. علاوة على ذلك، لم يعتمد ترامب تمديد معاهدة ستارت الجديدة لخفض الأسلحة الاستراتيجية الموقعة عام 2010، وهي اتفاقية أبرمت بين الولايات المتحدة الأمريكية وروسيا وتضع سقفاً للأسلحة النووية. ومع ذلك، سارع الرئيس بايدن في أول يوم من توليه السلطة إلى التوقيع على تمديد هذه الصفقة كجزء من تعهده بإعادة تأكيد الدور القيادي الأمريكي فيما يتعلق بالحد من الأسلحة النووية ومنع انتشارها. وفي شهر فبراير الماضي، صرح وزير الخارجية أنتوني بلينكن أن هذا التمديد يوفر مهلة «للعمل مع الاتحاد الروسي، بالتشاور مع الكونغرس وحلفاء الولايات المتحدة الأمريكية وشركائها، للتوصل إلى اتفاق بشأن الحد من التسلح يشمل جميع أسلحته النووية».

الحـد مـن التسـلح أمـر أساسـي، خاصـة في أوقـات تصاعـد التوتـرات بـين الولايـات المتحـدة الأمريكيـة وروسـيا. ومـع ذلك يوجد حاليـاً نظام عقوبـات فرضتـه الولايـات المتحدة الأمريكيـة والاتحـاد الأوروبي عـلى روسـيا، جـاء جـزء منهـا ردّاً عـلى العـدوان الـروسي في أوكرانيـا، بمـا في ذلك عقوبـات اقتصاديـة وقيـود عـلى الأفـراد والمؤسسـات، وتـم توسيعهـا بعـد فرضهـا للمـرة الأولى في عـام 2014. كـما انضمـت الولايـات المتحـدة الأمريكيـة، مؤخـراً، إلى الاتحـاد الأوروبي في شجـب استخدام روسـيا الأسلحة الكيماويـة في محاولـة اغتيـال زعيم المعارضة الروسـية أليكسي نافالني في أغسـطس 2020 ثـم سـجنه في ينايـر مـن عـام 2021. ثـم قامـت الولايـات المتحـدة الأمريكيـة بتوسـيع العقوبـات القائمة المفروضـة عـلى روسـيا بعـد اسـتخدام السـلاح الكيـماوي في الهجـوم عـلى سـيرغي سـكريبال في المملكـة المتحـدة عـام 2018، مـع خطـوات اسـتهدفت بشكل رئيـسي المسـؤولين في الحكومـة الروسـية.

في السـنوات الأخـيرة، أظهـرت روسـيا عـدم احترامهـا للقانـون الـدولي، بمـا في ذلك سـيادة الـدول الأخـرى الأعضـاء في الأمـم المتحـدة، ولم تواجـه مغامراتهـا مقاومـة تذكـر. فموسـكو تسـتغل المشكلات الداخليـة في كل مـن الولايـات المتحـدة الأمريكيـة ودول الاتحـاد الأوروبي وعـدم وجـود تصميـم لديهـا عـلى الوقـوف في وجههـا، سـواء فيـما يتعلـق بدعمهـا لنظـام بشـار الأسـد في سـوريا أو إشـعال الحـرب وإدامتهـا في شرق أوكرانيـا أو، بحسـب الاسـتخبارات الأمريكيـة، قيام وحـدة الاسـتخبارات العسـكرية «بتقديـم المكافـآت سراً للميليشـيات المرتبطـة بطالبـان عـلى قتـل قوات التحالـف في أفغانسـتان، بمـا في ذلك اسـتهداف الجنـود الأمريكيـين».

قـد يكون ذلك غـير صحيح، ولكـن مـن المهـم ملاحظـة أن بايـدن ومنذ بدايـة رئاسـته يسـتهدف روسـيا التي تُـرك لها العنـان في عهـد ترامـب، بغـض النظـر عـن الأسـباب. وخلافـاً لنظـرة واشـنطن إلى الصـين، فهـي تعتـبر روسـيا بقيـادة فلاديمـير بوتـين تهديـداً مباشراً للولايـات المتحـدة الأمريكيـة وحلفائهـا لأنهـا تهاجـم الـدول الديمقراطيـة «وتسـلح الفسـاد بهـدف تقويـض نظـام الحكم لدينـا» مـع إضعـاف مشروع الاتحـاد الأوروبي وحلـف النـاتو. وقـد وافـق بايـدن في مقابلـة أجريـت معـه، مؤخـراً، عـلى تلميـح بـأن بوتـين «قاتـل»، وهـو رد قـد يكـون عفويـاً، ولكنـه لم يـترك أي شـك في أن بايـدن لا يُكِـن أي احـترام لبوتـين نفسـه، بالإضافـة إلى نظرتـه إلى روسـيا السـاعية إلى اسـتعادة مجدهـا باعتبارهـا تشـكل تهديـداً للولايـات المتحـدة الأمريكيـة وحلفائهـا. وقـد جـاء رد بوتـين، الـذي تمنـى لبايـدن «صحة جيـدة» وقـال بطريقـة شـبه طفوليـة «إن الأوصـاف التي تطلقهـا عـلى غـيرك تنطبـق عليـك أنت»، واسـتدعى السـفير الـروسي في واشـنطن، وهـو الأهـم، ليكشـف عـن

وجـود تضـارب في المصالـح والقيـم والشـخصيات دون وجود حـل واضـح. وهـذا أمـر يُرجـح أن يسـتمر في المسـتقبل المنظور ويحدد مسـار العلاقـات بـين البلديـن في السـنوات القليلـة المقبلـة. صحيـح أن بوتـين يلعب بخشـونة، ولكنـه يحتـج كثيراً، كـما ظهـر في قضيـة نافالنـي. وفي الواقع، فقد كشـف هـذا الأمـر عـن تصميـم المعارضة. فكلـما طالـت مـدة بقـاء بوتـين في السـلطة، زاد عـدد أعدائـه في الداخـل، وزاد سـلوكه العـدواني في سياسـته الخارجيـة.

بعض الأفكار الختامية

رمـا يكون بايـدن، الـذي كان شـاهداً عـلى التاريـخ مـن موقع مؤثر عـلى مـدى عقـود مـن الزمـن قبـل أن يصبـح رئيسـاً، والـذي تسـلم زمـام السـلطة في وقت يشـهد أزمـة ضخمـة عـلى جبهـات كثيـرة، قد خلـص إلى نتيجـة مفادهـا أن العالـم عـلى أعتـاب نقطة تحـول. والولايـات المتحـدة الأمريكيـة لديهـا دور تلعبـه في هـذا العالـم مـن خـلال الدفـاع عـن قيمهـا وقيم حلفائهـا وأسـلوبهم في الحيـاة، ودوره باعتبـاره يشـغل منصب أقـوى في العالـم هـو دور المُصلـح والمُدافـع والمُعالـج.

كانـت السـمة المميـزة لإدارة بايـدن حتـى الآن هـي عـودة الولايـات المتحـدة الأمريكيـة إلى لعـب دور رئيـسي في الشـؤون الخارجيـة وتخليهـا عـن فكـرة «أمريكا أولاً»، التـي تقوم عـلى المبالغـة في تبسـيط الأمـور والتركيـز عـلى القضايـا الداخليـة، واعتـماد نهج متعـدد الأطـراف عـن قناعـة تامـة. في الوقت ذاتـه، لم يكتـفِ بايـدن بإجـراء حـوار بنّـاء مع المجتمـع الـدولي، بـل بـادر إلى تـولي زمـام المسـؤولية والقيـادة في العالـم الديمقراطـي الحـر مـن خـلال ضـمان تنفيـذ الإصلاحـات والتحـولات الضروريـة في المجتمـع الأمريـكي ومواجهـة قـوى، مثـل: الصـين وروسـيا اللتين تعمـلان بشـكل حثيـث عـلى تقويضه مـع تجنـب الاسـتفزازات غـير الضروريـة، لهـذا السـبب تحـاج الولايـات المتحـدة الأمريكيـة إلى حلفائهـا في حلـف النـاتو والاتحـاد الأوروبي أكـثر مـن أي وقت مـضى. وكـما قـال بايـدن: «الديمقراطيـة لا تحـدث صدفـة ... وإذا عملنـا مـع شركائنـا مـن الـدول الديمقراطيـة بقـوة وثقـة، فأنـا واثـق مـن قدرتنـا عـلى مواجهـة كل تحـدٍ والتفـوق عـلى جميـع مـن يتحدوننـا». وسـتكون قدرتـه عـلى ترجمـة هـذا الالتـزام إلى واقـع دائـم هـي المعيـار الـذي سـيحكم مـن خلالـه التاريـخ عليـه وعـلى مـدة ولايتـه.

رابعـاً- اسـتـراتيجية بايـدن فـي التعامـل مـع الصيـن: تنافـس مـن خـلال تحالـف أم مواجهـة مثـل الحـرب البـاردة؟

تشينج لي

في عـام 1998، عندمـا كانـت الولايـات المتحـدة الأمريكيـة تتمتـع بأكبر قوة وتأثيـر علـى السـاحة الدوليـة، كتـب زبجنيـو بريجنسـكي، مستشـار الأمـن القومـي الأسـبق للرئيـس الأمريكـي جيمـي كارتـر، كتابـه المميـز عـن الاستراتيجية الكبرى الـذي حمل عنـوان «رقعـة الشطرنج الكبرى: التفوق الأمريكـي وضروراتـه الجيوستراتيجية». في هـذا الكتـاب، وجه بريجنسـكي، الـذي يعتبر واحداً مـن أبـرز المفكريـن الاستراتيجيين في العالم، التحذيـر التـالي إلى مؤسسـة السياسـة الخارجيـة الأمريكيـة:

«ربمـا يكون السـيناريو الأخطـر هـو نشـوء تحالـف كبير بين الصين وروسيا وربما إيران، وهـو تحالـف «مضاد للهيمنة» لا تجمعه أيديولوجيا واحدة، بل مظالم تكمل إحداهـا الأخـرى. سيكون حجم التحدي ونطاقه الـذي يشكله هـذا التحالـف مماثلاً للتحدي الـذي شـكلته الكتلـة الصينيـة السـوفييتية، ولكـن مـن المرجح أن تكون الصيـن هـي القائـد هـذه المـرة وروسيا هـي التابع. وتفادي هـذا الاحتمال، مهما بـدا ضئيلاً، يتطلب أن تظهـر الولايـات المتحـدة الأمريكيـة مهارة جيوسياسـية علـى الحـدود الغربيـة والشـرقية والجنوبيـة للكتلـة الأوراسـية في الوقت نفسه[71]**.»**

يبـدو المشـهد الجيوسياسي اليـوم مشـابهاً لمـا حـذر منـه بريجنسـكي قبـل عقديـن مـن الزمـن. ففي الأيـام المئـة الأولى مـن ولايـة الرئيـس جو بايـدن، واصلـت إدارتـه إلى حـد بعيد النهـج العدائـي الـذي اتبعتـه إدارة ترامب في تعاملها مـع الصيـن. كمـا جعـل الرئيـس بايـدن بناء تحالـف دولي مبادرتـه الرئيسـية علـى صعيـد السياسـة الخارجيـة، وهـو نهـج يختلـف اختلافـاً كبيـراً عـن نهـج سـلفه «أمريـكا أولاً».

لمواجهـة هـذا التحـرك الاستراتيجي، عملـت الصيـن علـى تعزيـز علاقتها الدبلوماسـية والاقتصادية والعسـكرية مـع روسـيا وإيـران في الشـهور الأخـيرة، مـا أدى إلى أوثق علاقـات بين هـذه الـدول

---

71. Zbigniew Brzezinski, *The Grand Chessboard: American Primacy and Its Geostrategic Imperatives* (New York: Basic Books, 1998), p. 54.

في حقبـة مـا بعـد الحـرب البـاردة. هـذه الكتلـة أو التحالـف، الـذي يبـدو أشـبه بمـا كانـت عليـه الحـال في زمـن الحـرب البـاردة، يعكـس المخـاوف في المجتمـع الـدولي بشـأن اسـتراتيجية السياسـة الخارجيـة للرئيـس بايـدن[72].

مـا زالـت إدارة بايـدن تراجـع اسـتراتيجيتها وسياسـاتها تجـاه الصـين، ومـن المتوقع وضع اللمسـات الأخـيرة عليهـا في فصـل الصيـف. وقـد أكـد كبـار المسـؤولين في فريـق السياسـة الخارجيـة مـراراً عـلى ثـلاث كلـمات، وهـي المنافسـة والتعـاون والمواجهة. وبحسـب وزيـر الخارجيـة أنتـوني بلينكـن فـإن نهـج الإدارة الحاليـة في التعـامل مـع الصـين سـيكون: «تنافسـياً في الجوانـب التـي تسـتدعي ذلـك، وتعاونيـاً عنـد الإمـكان، وعدائيـاً عنـد اللـزوم»[73]. وقـد أكـدت إدارة بايـدن رغبتهـا في التعـاون مـع الصـين في المجـالات التـي تخـدم المصالـح الأمريكيـة، عـلى النقيـض تمامـاً مـن سياسـة «الانفصـال الكامـل» التـي اتبعتهـا إدارة ترامـب في سـنتها الأخـيرة مـع الصـين. ولكـن بايـدن نفسـه أكـد أن «التنافس الشـديد» هـو السـمة الغالبـة عـلى العلاقـات الأمريكيـة- الصينيـة[74].

فهـل يتجه العالـم نحـو مـا وصفه الراحل بريجنسـكي بـ «السـيناريو الأخطـر»؟ ومـا الذي تسـتطيع إدارة بايـدن فعلـه للتمييـز بـين اسـتراتيجيتي «التنافـس مـن خـلال التحالـف» و«المواجهـة عـلى نمـط الحـرب البـاردة»؟ وكيـف سـتتعامل الـدول الأخـرى مـع هـذا «التنافـس الشـديد»، خاصـة إذا تحـول إلى علاقـة عدائيـة؟ وإلى أي مـدى تعكـس اسـتراتيجية إدارة بايـدن تجـاه الصـين اسـتمرار الأثـر الـذي خلفتـه إدارة ترامـب؟ وهـل يمكـن تفسـير بعـض التحـركات الأخـيرة لإدارة بايـدن عـلى أنهـا تكتيـكات مؤقتـة وليسـت اسـتراتيجية طويلـة الأمـد؟ ومـا الـدور الـذي لعبتـه الضغـوط

---

72. Stuart Lau and Laurenz Gehrke, "Merkel Sides with Xi on Avoiding Cold War Blocs." Politico, January 26, 2021, https://www.politico.eu/article/merkel-sides-with-xi-on-avoiding-cold-war-blocs/. For the Chinese term, see Zaobao (Singapore), January 27, 2021, https://www.zaobao.com.sg/realtime/china/story20210127-1119644.

73. Nick Wadhams, "Blinken Says Only China Can Truly Challenge Global System." Bloomberg, March 3, 2021, https://www.bloomberg.com/news/articles/2021-03-03/blinken-calls-china-competition-a-key-challenge-for-the-u-s.

74. Vivian Salama and Gordon Lubold, "Biden Says He Sees China as 'Stiff Competition.'" The Wall Street Journal, March 25, 2021, https://www.wsj.com/livecoverage/biden-press-conference-live-updates-analysis/card/ifirn5yjOObkp0pm2Lzv.

السياسية الداخلية في الولايات المتحدة الأمريكية والتحدي الاقتصادي والتكنولوجي الـذي تمثله الصين في صياغة استراتيجية بايدن تجاه الصين؟ يهدف هـذا الفصل إلى الإجابة عـن هـذه الأسئلة المهمة بشأن العلاقة الثنائية الأهـم في العالم اليوم.

كتلتان كبيرتان متنافستان تلوحان في الأفق

مـن الحكمـة أن تركز واشنطن عـلى تحسـين علاقاتها مع حلفائها مـن أجل مواجهة قـوة الصـين ونفوذهـا المتناميـين. فسـلوك بكـين الـذي يعكـس ميلها إلى تأكيـد قوتها على الساحتين الإقليمية والعالمية، بما في ذلك حملـة الضغوط عـلى تايـوان، وممارسـات الإكـراه الاقتصـادي ضـد أسـتراليا، والعقوبـات الانتقاميـة التـي تسـتهدف أفـراداً ومؤسسـات في أمريكا الشـمالية وأوروبـا، أثـار مخـاوف جديـة في الولايات المتحدة الأمريكيـة والـدول الحليفـة لهـا[75]. وقـد أوضـح بايـدن، حتـى في حملتـه الانتخابيـة، أن إدارتـه ستعطي الأولويـة للعمـل بشـكل وثيـق مـع الحلفـاء التقليديين لبلاده. كـما أكـد أنتـوني بلينكـن في الجلسـة التـي عقدها مجلس الشيوخ لتأكيـد تعيينـه وزيـراً للخارجية أهميـة إحيـاء التحالفـات الأمريكيـة الأساسـية، التـي اعتـبر أنهـا «تسـهم في مضاعفـة قوتنـا ونفوذنـا حـول العـالم»[76].

في الأيام المئـة الأولى لإدارة بايـدن، سـعى كبـار المسـؤولين إلى تنفيـذ هـذه الأولويـات مـن خـلال تشـكيل جبهـة موحـدة لمواجهـة توسـع النفـوذ الصيـني حـول العـالم. وزيـارة بلينكـن ووزيـر الدفـاع لويـد أوسـتن إلى اليابان وكوريـا الجنوبيـة، واجتـماع كل مـن بلينكـن وأوسـتن مـع قـادة الاتحـاد الأوروبي وحلـف الناتـو في بروكسـل، وزيـارة أوسـتن إلى الهند تعكـس كلهـا الحاجـة الملحـة إلى بنـاء تحالـف. كـما اسـتضاف البيـت الأبيـض قمـة حـوار أمنـي رباعيـة عُقـدت باسـتخدام تكنولوجيـا الاتصـالات المرئيـة وجمعـت للمـرة الأولى قـادة اليابـان وأسـتراليا والهنـد. وفي منتصـف

---

75. Roland Rajah, "Vital Trade Lessons from China's failed Attempt at Coercion." The Australian, April 14, 2021, https://www.theaustralian.com.au/commentary/ vital-trade-lessons-from-chinas-failed-attempt-at-coercion/news-story/5bdde5 f4e6e89e79818231fa7e1624a4.

76. "Antony Blinken Opening Statement at his Senate Confirmation Hearing, January 19, 2021, United States Senate Committee on Foreign Relations, January 19, 2021, https://www.foreign.senate.gov/hearings/nominations-011921.

شـهر إبريـل المـاضي، اجتمـع الرئيـس بايـدن ورئيـس الـوزراء اليابـاني يوشـيهيدي سـوجا في البيـت الأبيـض، ووصفـت بعـض المصـادر الإعلاميـة الأمريكيـة القمـة الأمريكيـة-اليابانيـة بأنهـا «ركـزت علـى الصـين فقـط»[77].

مـن المنظـور الصينـي، فـإن الكثيـر مـن تحـركات إدارة بايـدن في الفـترة الأخـيرة تشـير إلى قـرب بدايـة حـرب بـاردة جديـدة ضـد الصـين. وتشـمل هـذه التحـركات إعـادة هيكلـة سلاسـل الصناعـة والتوريـد العالميـة، وإنشـاء مـا يسـمى «تحالـف الرقائـق» أو «تحالـف صناعـة أشـباه الموصـلات»[78]، والانضمـام إلى «الـدول ذات العقليـة المماثلـة» في مقاطعـة المنتجـات الصينيـة والفعاليـات التـي ترعاهـا الصـين بسـبب قضايـا حقـوق الإنسـان، وحـث دول الاتحـاد الأوروبي علـى إعـادة النظـر في الاتفاقيـة الأوروبيـة-الصينيـة الشـاملة بشـأن الاسـتثمار، واسـتضافة «قمـة الديمقراطيـة» في البيـت الأبيـض.

هـذه الإجـراءات وردود الفعـل الصينيـة عليهـا تدفـع العـالم بشـكل متزايـد نحـو نظامـين للتجـارة والاسـتثمار، ونظامـين للإنترنـت وتكنولوجيـا المعلومـات، وربمـا نظامـان للمـال والعمـلات، وكتلتـان سياسـيتان وعسـكريتان. وكمـا يبـين بعـض المحللـين الصينيـين والأجانـب فـإن المجموعـة الأساسـية في الكتلـة المنافسـة للتحالـف الـذي تقـوده الولايـات المتحـدة الأمريكيـة تضـم الصـين وروسـيا وإيـران. فهنـاك مواقـف بـارزة حدثـت أثنـاء الأيـام المئـة الأولى لإدارة بايـدن، بمـا في ذلـك وصـف بايـدن للرئيـس الـروسي فلاديمـير بوتـين بأنـه «قاتـل»، والعقوبـات الشـاملة التـي اعتمدهـا ضـد روسـيا في منتصـف شـهر إبريـل، واسـتمرار التوتـرات مـع إيـران إلى جانـب الحـادث النـووي في مجمـع

77. David Wainer and Isabel Reynolds, "It's All about China as Biden, Suga Meet Amid Taiwan Tensions." Bloomberg, April 16, 2021, https://www.bloomberg.com/news/articles/2021-04-16/it-s-all-about-china-as-biden-suga-meet-amid-taiwan-tensions.

85. يزعـم بعـض المحللـين الصينيـين أن الولايـات المتحـدة الأمريكيـة تسـعى الآن إلـى تكويـن تحالـف لصناعـة أشـباه النواقـل مـع اليابـان وكوريـا الجنوبيـة وتايـوان وهولنـدا. Deng Yuwen, "The Real Gap between China and the US" Deutsche Welle, March 24, 2021, https://p.dw.com/p/3r2SC. في 12 إبريـل، عقـد البيـت الأبيـض نـدوة افتراضيـة حـول وضـع إنتـاج الرقائـق في الولايـات المتحـدة الأمريكيـة وحـول العـالم حضرتهـا 20 شـركة مـن الشـركات المصنعـة للرقائـق. انظـر: Soho Website, April 12, 2021, https://www.sohu.com/a/460379090_465219.

نطنـز[79]، والصدامـات الدبلوماسـية (أو غـير الدبلوماسـية) غـير العاديـة في الحـوار الأمريكي-الصينـي رفيـع المسـتوى في أنكـوراج، دفعـت الصـين وروسـيا وإيـران إلى التعـاون بشـكل وثيـق أكـثر مـن ذي قبـل.

علـى الرغـم مـن عـدم وجـود «رابـط أيديولوجـي» أو ثقـة بـين هـذه الـدول الثـلاث، فهـي تميـل إلى التضامـن في مواجهـة مـا تعتـبره تهديـداً هائـلاً مـن الكتلـة العسـكرية التـي تقودهـا الولايـات المتحـدة الأمريكيـة. وفي أثنـاء زيـارة وزير الخارجيـة الـروسي سـيرغي لافـروف إلى الصـين في أواخـر شـهر مـارس للاحتفـال بالذكـرى السـنوية العشـرين لتوقيـع «معاهـدة حسـن الجـوار والصداقـة والتعـاون بـين روسـيا والصـين»، صرح أن «العلاقـات الصينيـة-الروسـية هـي الآن في أفضـل مسـتوى علـى امتـداد التاريـخ»[80]. وأضـاف لافـروف إنـه ونظـيره الصينـي وانـغ يـي يشـتركان في الـرأي بـأن التفاعـل بـين السياسـتين الخارجيتـين الروسـية والصينيـة مـا زال عامـلاً حيويـاً في المنظومـة الجيوسياسـية العالميـة[81].

وبعـد بضعـة أيـام، وتحديـداً يـوم 27 مـارس 2021، وقّعـت الصـين وإيـران رسـمياً اتفاقيـة تعـاون اسـتراتيجي مدتهـا 25 عامـاً. وتتضمـن هـذه الاتفاقيـة ثلاثـة بنـود مهمـة: 1) زيـادة الصـين اسـتثماراتها في بنـاء مرافـق الطاقـة وبنيتهـا التحتيـة في إيـران، وهـو بنـد يقـوض العقوبـات الاقتصاديـة المفروضـة التـي تقودهـا الولايـات المتحـدة الأمريكيـة ضـد إيـران، 2) اسـتخدام اليـوان الصينـي والعملـة الرقميـة الجديـدة التـي أطلقتهـا الصـين لتسـوية صفقـات البـترول والتبـادل

86. عبّر بعض المراقبين عن قلقهم بشأن عدم وجود أي مؤشرات على العودة إلى الصفقة النووية الإيرانية في عهد إدارة بايدن وفقاً لوعوده أثناء الحملة الانتخابية. Assal Rad and Negar Mortazavi, "President Biden Must Follow the Advice of Candidate Biden on Iran." Foreign Policy, March 10, 2021, https://foreignpolicy.com/2021/03/10/president-biden-must-follow-the-advice-of-candidate-biden-on-iran/.

80. Sergey Lavrov, "Sino-Russian Relations are now at the Best Level in History." *China News*, March 23, 2021, https://www.chinanews.com/gj/2021/03-23/9438152.shtml.

81. "Foreign Minister Sergey Lavrov's Remarks and Answers to Media Questions Following Talks with Foreign Minister of China Wang Yi, Guilin, March 23, 2021." The website of The Ministry of Foreign Affairs of the Russian Federation, March 21, 2021, https://www.mid.ru/en/foreign_policy/news/-/asset_publisher/cKNonkJE02Bw/content/id/4647898.

التجاري بين البلدين، 3) استخدام إيران نظام (Beidou) الصيني للملاحة وتحديد المواقع بحيث لا تتعرض الصواريخ الإيرانية بعد الآن للتشويش في نظام (GPS) الذي تملكه الولايات المتحدة الأمريكية[82]. وبحسب بعض المحللين الصينيين فإن التوقيع على اتفاقية التعاون بين الصين وإيران هو حدث مهم يبين أن استراتيجية الصين في الخارج تحولت من الدفاع السلبي إلى الهجوم الاستباقي[83].

لا يقتنع قادة الصين والرأي العام فيها بالتصريحات التي أدلى بها، مؤخراً، الرئيس بايدن، والتي قال فيها إن هذه التحالفات التي تقودها الولايات المتحدة الأمريكية «ليست مناهضة للصين» وإن الولايات المتحدة الأمريكية «لا تبحث عن مواجهة» مع الصين[84]. وقد تناقلت وسائل الإعلام الصينية على نطاق واسع أخباراً مثل ضغط الولايات المتحدة الأمريكية بقوة على كوريا الجنوبية للانضمام إلى القمة الرباعية ودعوتها المملكة المتحدة وفرنسا وألمانيا إلى المشاركة في مناورات بحرية في بحر الصين الجنوبي في مارس، في عملية حملت اسم «الملاحة الحرة»[85].

أكثر ما يقلق بكين هو موقف إدارة بايدن بشأن تايوان. فدعوة ممثل تايوان في الولايات المتحدة الأمريكية لحضور حفل تنصيب الرئيس بايدن، وهو أمر لم يحدث منذ بدء العلاقات الدبلوماسية الأمريكية-الصينية في عام 1979، كانت نذير سوء بالنسبة إلى الحكومة الصينية[86].

وقد أشار معلقون صينيون، مؤخراً، إلى أن هناك أربعة تحركات قامت بها إدارة بايدن أدت

---

82. Niu Yulong and Yang Zhendong, "China-Iran Comprehensive Cooperation Plan: RMB Settlement, Beidou, and 5G." March 28, 2021, Tencent website, https://new.qq.com/omn/20210328/20210328A09Q3E00.html.

83. Ibid.

84. "Remarks by President Biden in Press Conference." The White House website, March 25, 2021, https://www.whitehouse.gov/briefing-room/speeches-remarks/2021/03/25/remarks-by-president-biden-in-press-conference/.

85. "British, French and German Ships Gathered in the South China Sea." Soho online, March 4, 2021, https://www.sohu.com/a/453992055_120504280.

86. Shi Yinhong, "The Biden Administration's China Posture: Focusing on Strategic Military." *Political Science and International Relations Forum*, April 2021.

إلى تصعيد التوترات في مضيق تايوان بشكل كبير وهي: 1) إقناع الولايات المتحدة الأمريكية لكل من اليابان وأستراليا بالمشاركة في الاستعدادات للتدخل العسكري في المنطقة، 2) توقيع الولايات المتحدة الأمريكية وتايوان على اتفاقية دوريات بحرية لتشجيع جيش تايوان على المشاركة في الشؤون الأمنية في منطقة المحيطين الهندي والهادي من خلال الدوريات البحرية، 3) إصدار توجيهات تشجع «المراسلات والزيارات الرسمية» بين الولايات المتحدة الأمريكية وتايوان، 4) مرافقة السفير الأمريكي في بالاو لرئيس بالاو في زيارة رسمية إلى تايوان[87]. وهذا يفسر وصول الخطاب العدائي المناهض للولايات المتحدة الأمريكية في وسائل الإعلام الصينية إلى أعلى مستوى له حتى الآن، وهو أمر غير مفاجئ جاء نتيجة لما يسميه الصينيون «السلوك الاستفزازي الأمريكي في تجاوز الخط الأحمر الذي رسمته بكين»[88].

حدود قيام كتلة مشابهة لما كانت عليه الحال في حقبة الحرب الباردة

على الرغم مما يبدو أنه تناقض في المواقف، فإن القيادة الصينية تسخر من فعالية إنشاء كتلة تقودها الولايات المتحدة الأمريكية على نمط الكتلتين في حقبة الحرب الباردة أيضاً. وبكين تدرك جيداً أن بعض القادة في أوروبا وآسيا انتقدوا ميل واشنطن إلى تكوين «كتلة مشابهة لما كانت عليه الحال في حقبة الحرب الباردة» أو لديهم تحفظات بشأن هذا الميل. فبعد بضعة أيام من تنصيب الرئيس بايدن، صرحت المستشارة الألمانية أنجيلا ميركل أنها «تود تجنب تكوين التكتلات»[89]. وبالمثل، حذر رئيس الوزراء البريطاني بوريس جونسون، المعروف بانتقاده لبكين وقلقه من تحدي الصين بشكل منهجي لأمن بريطانيا وازدهارها وقيمها الحرة، من أن «المملكة المتحدة يجب ألا تُجَر إلى حرب باردة جديدة مع الصين»[90].

87. Liu Heping, "The United States will not Stand by Idly, and is Preparing for Military Intervention across the Taiwan Strait." NetEase, April 12, 2021, https://www.163.com/dy/article/G7DIOU4R0514FGV8.html.

88. Shi, "The Biden Administration's China Posture: Focusing on Strategic Military."

89. Lau and Gehrke, "Merkel sides with Xi on avoiding Cold War blocs."

90. Gavin Cordon and David Hughes, "Boris Johnson Warns against New 'Cold War' with China." *Irish Examiner*, March 16, 2021, https://www.irishexaminer.com/world/arid-40245650.html.

وقـد أشـار، مؤخـراً، أحـد مستشاري القيـادة العليـا الصينيـة إلى أنـه عـلى الرغـم مـن أن الولايـات المتحـدة الأمريكيـة والـدول الأوروبيـة يتكلمـون بشـكل متناغـم عـن الديمقراطيـة وحقـوق الإنسـان وقضيتـي شـينجيانغ وهونـج كونـج، فـإن لـدى الأوروبيـين وجهـات نظـر مسـتقلة بشـأن ضرورة التعـاون مـع الصـين في مجـالات الاقتصـاد والتجـارة والحـد مـن انتشـار الأسـلحة النوويـة والتغـير المناخـي[91]. والكثـير مـن الـدول الأوروبيـة تفضـل المحافظـة عـلى مسـافة متسـاوية في علاقاتهـا مـع كل مـن واشـنطن وبكـين.

ويمكـن قـول الـشيء ذاتـه عـن حلفـاء الولايـات المتحـدة الأمريكيـة في منطقـة آسـيا والمحيـط الهـادئ. فعـلى الرغـم مـن أن المخـاوف الأمنيـة والحاجـة إلى التعـاون العسـكري تمثـل أحـد الأهـداف الرئيسـية للقمـة الرباعيـة، فإنـه يجـب عـدم اعتبـار هـذه القمـة في هـذه المرحلـة تحالفـاً عسـكرياً أو النسـخة الآسـيوية مـن «حلـف ناتـو مصغـر» يهـدف إلى احتـواء الصـين. وكـما قـال زانـج يـون، وهـو باحـث صينـي يُـدرِّس في اليابـان، فـإن «التحالفـات العسـكرية المتعـددة الأطـراف لم تنجـح أبـداً في منطقـة آسـيا»[92]. وقـد عبَّر رئيـس الـوزراء اليابـاني سـوجا صراحـة عـن عـدم موافقتـه عـلى إنشـاء «حلـف ناتـو آسـيوي». أمـا الهنـد التـي تلتـزم بمبـادئ عـدم التحالـف والحياديـة والاسـتقلالية وتحتفـظ بعلاقـات جيـدة مـع روسـيا، فمـن المسـتبعد أن تغـير موقفهـا الدائـم في السياسـة الخارجيـة لتنضـم إلى تحالـف عسـكري تقـوده الولايـات المتحـدة الأمريكيـة[93].

مـن منظـور أوسـع، فـإن النظـرة إلى الصـين في الكثـير مـن الـدول في أفريقيـا وأمريـكا الجنوبيـة وآسـيا تختلـف اختلافـاً كبـيراً عـن نظـرة الولايـات المتحـدة الأمريكيـة. فيبـدو أن هـذه الـدول لا تعتـبر الصـين مصـدر تهديـد أمنـي للسـلم العالمـي ولا تنظـر إلى جهـود التوسـع الاقتصـادي الصينـي، بمـا في ذلـك مبـادرة الحـزام والطريـق، باعتبارهـا تنـدرج ضمـن

---

91. Yuan Peng, "The Common Points and Differences between China and the United States have been Exposed during the High-level Dialogue in Anchorage." *The Paper*, March 24, 2021, https://www.sohu.com/a/457004659_260616.

92. Zhang, "Quad: A regional military alliance to contain China will not work."

93. Ibid.

دبلوماسـية «الاسـتغلال» أو «فـخ الديـن»[94]. وكـما أشـار جوزيـف نـاي مؤخـراً: «هنـاك مـا يقـرب مـن 100 دولة تعتبر الصـين شريكها التجـاري الأكـبر، مقارنـة بـ 57 دولـة تنظـر النظـرة ذاتهـا إلى الولايـات المتحـدة الأمريكيـة. عـلاوة عـلى ذلـك، تخطـط الصـين لتقديـم قـروض تزيـد في مجموعهـا عـلى تريليـون دولار أمريكي لمشروعـات البنيـة التحتيـة ضمـن مبـادرة الحـزام والطريـق خـلال العقـد المقبـل، بينـما قامـت الولايـات المتحـدة الأمريكيـة بخفـض المسـاعدات»[95].

بالنسـبة إلى محللـي السياسـة الخارجيـة الأمريكيـة، بمـا في ذلـك الصينيـون منهـم، يبـدو أن هنـاك تناقضاً أساسـياً بـين الأولويـة الأولى لإدارة بايـدن في إصلاح الأوضاع الداخليـة ونهجهـا الصـارم والعدوانـي في سياسـتها الخارجيـة تجـاه الصـين وروسيا وإيـران والأنظمـة الاستبدادية الأخـرى مثـل كوريـا الشـمالية وسـوريا. فقبـل الانتخابـات الرئاسـية التـي جـرت عـام 2020، كتبـت مجموعـة مـن المحللـين الاسـتراتيجيين للسياسـة الخارجيـة والخـبراء في السياسـات الاجتماعيـة والاقتصاديـة، مـن بينهـم مستشـار الأمـن القومـي الحـالي جيـك سوليفان، تقريـراً مهـماً بعنـوان «تحسـين أثر السياسـة الخارجيـة الأمريكيـة بالنسبة إلى الطبقـة الوسطى» جـاء فيـه مـا يـلي:

«لا يوجـد دليـل عـلى أن الطبقـة الوسـطى في الولايـات المتحـدة الأمريكيـة سـتهلل للجهـود الهادفـة إلى اسـتعادة التفوق الأمريكي في عـالم أحـادي القطبيـة، أو التصعيـد مـع الصـين وبـدء حـرب بـاردة جديـدة معهـا، أو بـدء صراع كـوني بـين الـدول الديمقراطيـة والحكومات الاستبدادية في العـالم[96]».

94. Thomas J. Christensen, "There Will Not Be a New Cold War: The Limits of US-Chinese Competition." *Foreign Affairs*, March 24, 2021, https://www.foreignaffairs.com/articles/united-states/2021-03-24/there-will-not-be-new-cold-war.

95. Joseph S. Nye, "What Could Cause a US-China War?" *China-US Focus*, March 11, 2021, https://www.chinausfocus.com/peace-security/what-could-cause-a-us-china-war.

96. Salman Ahmed, Rozlyn Engel, and others (eds.), *Making US Foreign Policy Work Better for the Middle Class*. (Washington DC: Carnegie Endowment for International Peace. 2020), p. 3.

وييـبين المؤلفـون أن الرئيـس الجديـد يجـب أن يتجنـب الصراعـات العسـكرية المديـدة التـي «تكلـف الكثيـر مـن الأرواح وأمـوال دافعـي الضرائـب»[97].

عندمـا نظـرت بكـين إلى الأولويـات الأربـع الأولى للرئيـس المنتخـب بايـدن، التـي تشـمل مكافحـة جائحـة فـيروس كورونـا، وتسريـع التعـافي الاقتصـادي، وضـمان المسـاواة العرقيـة والعدالـة الاجتماعيـة، والتنسـيق بشـأن تغـير المنـاخ، رأت أن فيهـا مـا يتطابـق مـع مصالحهـا وأملـت أن يوفـر هـذا فرصـة لعـودة الحـوار الأمريكي-الصينـي. واعتقدت القيـادة الصينيـة أن إدارة بايـدن يمكـن أن تحقـق هـذه الأهـداف بشـكل أسرع وبفعاليـة أكـبر مـن خـلال التعـاون الثنـائي الأمريكي-الصينـي.

ولكـن سرعـان مـا أدرك كبـار المسـؤولين الصينيـين أن هـذه الفرصـة كانـت ضئيلـة جـداً، إن وجـدت أصـلاً، بنـاء عـلى التقييـمات السياسـية والاسـتراتيجية لإدارة بايـدن[98]. فقـال كبـير الدبلوماسـيين الصينيـين يانـج جيـشي لنظرائـه الأمريكيـين «لقـد بالغنـا في حسـن الظـن بكـم»، وهـذه المقولـة التـي أصبحـت مشـهورة الآن تؤكـد الشـعور السـائد في الصـين قبـل حـوار أنكـوراج بأنـه «لا يوجـد اختـلاف أسـاسي بـين فريـق بايـدن وفريـق ترامـب»[99]. والكثـير مـن الصينيـين يعتقـدون الآن أن إدارة بايـدن قـد تسـبب ضرراً للعلاقـات الأمريكية-الصينيـة أكـبر مـن الـضرر الـذي سـببته إدارة ترامـب. وهـم يـرون أن النهـج الاسـتراتيجي لإدارة بايـدن في إنشـاء تحالـف مناهـض للصين وتأثيرهـا الأيديولوجـي الـذي تدفـع مـن خلالـه دول العـالم لوصـف الحكومـة الصينيـة بأنهـا نظـام إبـادة جماعيـة أدى إلى حـشر الصـين في الزاويـة.

ظلال من الماضي وطريق مسدود في الحاضر

لطالمـا انتقـد فريـق بايـدن أسـلوب الإدارة السـابقة في التعامـل مـع بكـين ووصـف سياسـة ترامـب تجـاه الصـين بأنهـا فاشـلة. فهـذا الفريـق يعتقـد أن إدارة ترامـب أخفقـت في الاحتـواء الفعـال لتوسـع الصـين في العـالم وتعزيـز القوتـين الناعمـة والخشـنة للولايـات المتحـدة الأمريكيـة وأسـهمت

---

97. Ibid., p. 67.

98. Yuan Peng, "On the Eve of the High-level Strategic Dialogue: Where are China-US Relations Heading?" China News, March 17, 2021, https://www.chinanews.com/gn/2021/03-17/9434718.shtml.

99. Yuan, "The Common Points and Differences between China and the United States have been Exposed during the High-level Dialogue in Anchorage."

في تنامي خطر اندلاع صراع عسكري. وقد أكد هذا الفريق صراحة إن الانفصال الاقتصادي الكامل عن الصين لا يخدم المصالح الأمريكية. وفي أثناء حملة الانتخابات الرئاسية، ادّعى بايدن وفريقه إن روسيا، وليس الصين، تدخلت في الانتخابات الأمريكية عام 2020، وهو ما أكده تقرير مجلس الاستخبارات الوطنية الأمريكية الصادر في 15 مارس 2021 [100].

من منظور بكين، فإن النهج العدائي تجاه الصين في السنة الأخيرة من إدارة ترامب كشف أن فريق ترامب كان يسعى إلى هزيمة الصين وتدميرها مثلما هزمت الولايات المتحدة الأمريكية الاتحاد السوفييتي في الحرب الباردة. وقد استند هذا التقييم إلى الملاحظات الرئيسية الثلاث:

- على الجبهة الاقتصادية، عملت إدارة ترامب على تنفيذ انفصال منهجي وكامل عن الصين.

- على الجبهة السياسية والأيديولوجية، سعت إدارة ترامب إلى تغيير النظام وإطاحة حكم الحزب الشيوعي الصيني.

- على الجبهة العسكرية والأمنية، ونتيجة لقانون تايبيه لسنة 2019 وغيرها من الإجراءات الهادفة إلى تقويض «سياسة الصين الواحدة»، تخشى بكين من أن الولايات المتحدة الأمريكية ستتحرك نحو دعم استقلال تايوان [101].

من المفهوم أن ترد الصين بحزم على هذه المسارات السياسية الثلاث، ما ألحق ضرراً كبيراً بالعلاقات الثنائية، حيث صار الطرفان ينظران بشكل متزايد إلى المنظومة الجيوسياسية باعتبارها ذات مجموع صفري.

أدت بعض مبادرات إدارة ترامب وسياساتها إلى إثارة مشاعر وطنية قوية في الصين، وهذا ربما يصب في مصلحة قيادة الحزب الشيوعي الصيني. وتضمنت هذه المبادرات تصوير المجتمع الصيني بكامله على أنه يشكل تهديداً للولايات المتحدة الأمريكية، واستهداف العلماء

---

100. National Intelligence Council, *Foreign Threat to the 2020 US Federal Elections*. ICA2020-00078D. https://www.dni.gov/files/ODNI/documents/assessments/ICA-declass-16MAR21.pdf.

101. Cheng Li, "Hopes and Doubts in Beijing: Resetting US-Chinese Relations Won't Be Easy." *Foreign Affairs*, November 13, 2020, https://www.foreignaffairs.com/articles/united-states/2020-11-13/hopes-and-doubts-beijing.

الصينيين والأمريكيين الصينيين، والزعم بأن بكين تسلح الطلبة الصينيين الذين يدرسون في الجامعات الأمريكية، واستخدام عبارات مثل «الفيروس الصيني» أو «إنفلونزا كونج»، وفرض عقوبات على كبار المسؤولين الصينيين بسبب دورهم في قمع الحركة الديمقراطية في هونج كونج، وإلغاء برنامجي هيئة السلام وفولبرايت في الصين، وإصدار أمر بإغلاق القنصلية الصينية في هيوستن، ومنع أعضاء الحزب الشيوعي الصيني وعائلاتهم (أي نحو 300 مليون شخص) من زيارة الولايات المتحدة الأمريكية[102].

صحيح أن الرئيس بايدن ألغى بعض هذه السياسات، حيث أصدر مثلاً أوامر تنفيذية تحظر استخدام عبارات مثل «الفيروس الصيني» أو «إنفلونزا كونج» وتشجب التصنيف العرقي للأمريكيين الصينيين والأمريكيين الآسيويين. ولكن معظم هذه السياسات التي وضعها فريق ترامب ما زالت مطبقة. وفيما يتعلق بالتوترات بشأن مضيق تايوان، يعتقد الكثير من المراقبين أن مخاطر الصراع العسكري زادت في عهد إدارة بايدن، كما أسلفنا. ويمكن القول إن مواصلة بكين تحركاتها العدوانية أسهم في تصعيد هذه التوترات. لذلك يمكن النظر إلى المبادرات الأمريكية باعتبارها رداً قائماً على المخاوف من تهديد عسكري صيني.

هناك عاملان مهمان قد يساعدان في تفسير المواجهة الحالية الخطيرة في العلاقات بين البلدين، أحدهما يتعلق بالبيئة السياسية الداخلية في الولايات المتحدة الأمريكية والثاني يرتبط بالقوة التنافسية الصينية.

الصين والبيئة السياسية الداخلية الأمريكية

إن افتراض وجود إجماع بين صُنّاع القرار والعاملين في أوساط السياسة الخارجية وعامة الشعب في الولايات المتحدة الأمريكية بشأن الاستراتيجية الواجب اتباعها تجاه الصين ينطوي على نظرة سطحية ومبالغَة في تبسيط الأمور. فهناك اختلافات واضحة في الرأي بين الجمهوريين والديمقراطيين وداخل كل من الحزبين حول طبيعة التحدي الصيني أيضاً. على

---

102. Cheng Li, "Avoiding Three Traps in Confronting China's Party-State." In Ryan Hass, Ryan McElveen, and Robert Williams (eds), *The Future US Policy toward China: Recommendations for the Biden Administration.* (Monograph jointly published by John L. Thornton China Center and Yale Law School Paul Tsai China Center), pp. 8-14.

سبيل المثال، أظهر استطلاع للـرأي أجـراه مركـز بيـو للأبحاث[103]، أن نسبة 54% مـن الجمهوريين ينظرون إلى الصين باعتبارها «العـدو» مقارنـة بـ 20% مـن الديمقراطيـين. ومـع ذلـك، بـرزت السياسـة تجـاه الصـين باعتبارهـا مجـالاً للتعـاون بـين الديمقراطيـين والجمهوريـين. ولـردم الهـوة بـين الحزبـين، يبـدو أن إدارة بايـدن تنظـر في تبنّي سياسـة عدائيـة تجـاه الصـين كوسيلة لإيجـاد قاسـم مشـترك مـع الجمهوريـين.

في بدايـة إبريـل الماضي، اقـترح أعضـاء في مجلس الشيوخ مـن الحزبـين مـشروع «قانـون التنافـس الاستراتيجي لعـام 2021» [104]، وهـو مـشروع يسـتحق أن ننظـر إليـه بتمعنٍ، حيـث يزعـم أنـه يخصص مئـات الملايين مـن الـدولارات «لمجموعـة مـن المبـادرات الجديـدة الهادفـة إلى مسـاعدة الولايـات المتحـدة الأمريكيـة عـلى النجـاح في «التنافـس الأيديولوجـي والعسـكري والاقتصـادي والتكنولوجـي الطويـل الأمـد» مـع الصين. ومـن المرجـح أن يـؤدي هـذا المـشروع في حالـة اعتـماده إلى دفـع إدارة بايـدن إلى إعطـاء الأولويـة للجهـود الهادفـة لمواجهـة صعـود الصـين عالمياً.

كـما أن النظـرة العدائيـة بشـكل متزايـد لـدى الجمهـور الأمريـكي تجـاه الصـين، والتـي تنبـع إلى حـد كبـير مـن متابعـة أخبـار قضيتـي شـينجيانغ وهونـج كونـج وتحميـل الصـين مسؤوليـة جائحـة فـيروس كورونـا، أسـهمت في دفـع فريـق بايـدن إلى اتخـاذ موقـف صـارم تجـاه النظـام الصينـي، حيـث أظهـر استطلاع أجرتـه مؤسسـة غالـوب في شـهر مـارس الماضي أن نسبة الأمريكيـين الذيـن يعتـبرون الصـين «العـدو الأكـبر» تضاعـف مـن 22% إلى 45% خـلال السـنة الماضيـة[105].

---

103. Laura Silver, Kat Devlin, and Christine Huang, "Most Americans Support Tough Stance Toward China on Human Rights, Economic Issues." Pew Research Center website, March 4, 2021, https://www.pewresearch.org/global/2021/03/04/most-americans-support-tough-stance-toward-china-on-human-rights-economic-issues/.

104 "Strategic Competition Act of 2021," the US Senate Foreign Affairs Committee https://www.foreign.senate.gov/imo/media/doc/DAV21598%20-%20Strategic%20Competition%20Act%20of%202021.pdf.

105. Mohamed Younis, "New High in Perceptions of China as US's Greatest Enemy." Gallup Website, March 16, 2021, https://news.gallup.com/poll/337457/new-high-perceptions-china-greatest-enemy.aspx.

المخاوف بشأن القوة التنافسية الصينية

العامل المهـم الثاني الـذي يفسر تـردد إدارة بايـدن في التعـاون مـع الصين هـو التحـدي الكبير الـذي تمثله القـوة التنافسية الاقتصاديـة والتكنولوجيـة الصينيـة. فخـلال العقديـن الماضييـن، ارتفع نصيب الفرد مـن إجمالي الناتج المحلي مـن نحـو ألـف دولار أمريـكي في عـام 2001 إلى 10 آلاف دولار أمريـكي في عـام 2020، ومـن المتوقع أن يصـل إلى 30 ألـف دولار أمريـكي في عـام 2035. وللمقارنـة، نشـير إلى أنـه في عـام 1979، عندمـا بـدأت الصين في الانفتـاح وتطبيـق إصلاحـات اقتصاديـة، كان نصيـب الفـرد مـن إجمـالي الناتـج المحلي للبـلاد أقل مـن 300 دولار أمريـكي، أي نحـو 3% مـن نصيـب الفـرد الأمريكي مـن إجمالي الناتـج المحلي الأمريكي في ذلك الحيـن[106].

وجـاء في الكثير مـن التقاريـر في الصين وخارجهـا أن إجمالي الناتج المحلي في الصين نمـا بنسبة 2.3% في عـام 2020 عـلى الرغـم مـن جائحـة فـيروس كورونـا، وهـذه نسبـة أعـلى بكثـير مـن النسـب المسـجلة في الاقتصادات الرئيسية الأخرى جميعها (التي سـجلت انخفاضاً بنسبة 4% أو أكثر). كمـا أفـادت التقاريـر أن الاقتصـاد الصيني في عـام 2020 كان أكبر بنسبة 10% ممـا كان عليه في عـام 2019. وبحسب بعض الخبراء الاقتصاديين، مـن المتوقع أن يتجاوز إجمالي الناتج المحلي للصين نظيره في الولايات المتحدة الأمريكية في عـام 2028 (أي قبـل سـنتين ممـا كان متوقعـاً في السـابق بسبب جائحـة فـيروس كورونـا)[107].

كمـا كتـب باحـث أمريـكي، مؤخـراً، في مجلـة وول سـتريت جورنـال: «في عـام 2007، كان عـدد الـشركات الأمريكيـة المدرجـة في قائمـة فورتشـن 500 العالميـة يساوي سـتة أضعـاف الـشركات الصينيـة. وبحلـول عـام 2018، أصبـح عـدد الـشركات الصينيـة مسـاوياً تقريباً لعـدد الـشركات

106. Zhong Feiteng, "Viewing the Limitations of the US Strategy at the Time of the Sino-US High-level Strategic Dialogue." *Beijing News*, March 26, 2021, https://www.sohu.com/a/457142963_114988.

107. Larry Elliott, "China to Overtake US as World's Biggest Economy by 2028, Report Predicts." *The Guardian*, December 25, 2021, https://www.theguardian.com/world/2020/dec/26/china-to-overtake-us-as-worlds-biggest-economy-by-2028-report-predicts.

الأمريكيـة»[108]. الأهـم مـن ذلـك، كـما ورد في تقريـر صـادر في عـام 2020 عـن الأكاديميـة الأمريكيـة للفنـون والعلـوم، هـو أن الصيـن تجـاوزت، مؤخـراً، الولايـات المتحـدة الأمريكيـة في حجـم الاستثمار في البحـث والتطويـر (عـلى أسـاس تعـادل القـوة الشرائيـة)[109]. فبحسـب هـذا التقريـر، تتضمـن الميزانيـة الأمريكيـة للسـنة الماليـة 2021 خفضـاً في الدعـم الاتحـادي للبحـث والتطويـر بمقـدار 7 مليـارات و900 مليـون دولار (أي بنسـبة تقـارب 9%). كـما أفـاد التقريـر أن الـشركات الأمريكيـة أكـثر ميـلاً إلى نقـل مختـبرات البحـث والتطويـر إلى بلـدان أخـرى، مـن بينهـا الصيـن. وعـلى الرغـم مـن أن الولايـات المتحـدة الأمريكيـة حافظـت عـلى تفوقهـا في بعـض مجـالات العلـوم والتكنولوجيـا فـإن «القيـادة العالميـة في مجـال العلـوم والتكنولوجيـا تقـاس بالأشـهر أو السـنوات، وليـس بالعقـود أو القـرون»[110]، كـما يؤكـد التقريـر.

تريـد إدارة بايـدن تبنّـي سياسـات تهـدف إلى تعزيـز تنافسيـة الولايـات المتحـدة الأمريكيـة في مجـالات العلـوم والتكنولوجيـا والبحـث والتطويـر والبنيـة التحتيـة لتكنولوجيـا المعلومـات، لأن فقـدان التفـوق الأمريكـي في أي مـن هـذه المجـالات «سـيكون لـه عواقـب وخيمـة» بالنسـبة إلى اقتصـاد البـلاد وتوفيـر فـرص العمـل ومسـتوى المعيشـة والأمـن القومـي[111]. وفي شـهر مـارس الماضي قـال الرئيـس بايـدن في مؤتمـر صحفـي لـه في البيـت الأبيـض إنـه «في سـتينيات القـرن الماضـي، كنـا نسـتثمر مـا يزيـد قليـلاً عـلى 2% مـن إجمالـي دخلنـا المحلـي في البحـوث والعلـوم. أمـا اليـوم، فقـد انخفضـت هـذه النسـبة إلى 0.7%»[112]. وأكـد بايـدن أن الصيـن تسـتثمر في البنيـة التحتيـة ثلاثـة أضعـاف مـا تسـتثمره الولايـات المتحـدة الأمريكيـة فيهـا.

---

108. William A. Galston, "Stepping Up the Tech Fight Against China" *Wall Street Journal*, March 2, 2021.

109. The American Academy of Arts and Sciences, *The Perils of Complacency: America at a Tipping Point in Science & Engineering*. September 2020, https://www.amacad.org/publication/perils-of-complacency.

110. Ibid.

111. Ibid.

112. "Remarks by President Biden in Press Conference." The White House website, March 25, 2021, https://www.whitehouse.gov/briefing-room/speeches-remarks/2021/03/25/remarks-by-president-biden-in-press-conference/.

يمكن القول إن تقدم الصين في مجالات العلوم والتكنولوجيا في السنوات القليلة الماضية يُعزى في جزء منه إلى ذكاء الصينيين وعملهم الجاد ويُعزى في جزئه الآخر إلى انفتاح اقتصادات السوق وسخاء الجامعات ومؤسسات البحوث في الدول المتقدمة، ولا سيما في الولايات المتحدة الأمريكية. وبالنسبة إلى الكثير من الأمريكيين فإن تعديات الصين الكثيرة على حقوق الملكية الفكرية، والحواجز التي تضعها في وجه دخول الشركات الأمريكية إلى السوق فيها، والتجسس الاقتصادي الذي ترعاه الدولة، والأساليب التجارية التي تتبعها للهيمنة في مجالات التكنولوجيات الجديدة، وتوسعها العالمي من خلال رأسمالية الدولة عادت كلها بالفائدة بصورة غير عادلة على التوسع الاقتصادي الصيني.

من المفهوم أن يصمم الرئيس بايدن، كما كان سلفه، على تحدي الممارسات غير العادلة للحكومة الصينية. صحيح أن الولايات المتحدة الأمريكية ربما ما زالت في الصدارة في مجال الابتكار والتكنولوجيا (حيث توجد فيها 15 من أصل أكبر 20 جامعة بحثية في العالم، بينما لا توجد في الصين أي من تلك الجامعات)[113]، ولكن القادة السياسيين الأمريكيين لا يمكنهم التهاون في هذا الشأن. فهذه المرة الأولى منذ نهاية الحرب العالمية الثانية التي تواجه فيها الولايات المتحدة الأمريكية بلداً يمتلك إمكانات اقتصادية وتكنولوجية بمستوى إمكاناتها نفسه.

أفكار ختامية

حذر هنري كيسنجر، وهو واحد من أبرز المفكرين الاستراتيجيين في عصرنا، من أن «التنافس الذي ليس له نهاية بين أكبر اقتصادين في العالم قد يفضي إلى تصعيد غير متوقع ومن ثم إلى صراع»[114]. ويرى كيسنجر أن التنافس الأمريكي-الصيني اليوم يختلف عن التنافس أيام الحرب الباردة في جانبين مهمين. أولهما أن الولايات المتحدة الأمريكية والصين اليوم تتساويان تقريباً في القوة، بينما كان الاتحاد السوفيتي في حقبة الحرب الباردة أضعف نسبياً من الولايات

113. Nye, "What Could Cause a US-China War?"

114. David Brennan, "Endless US-China Contest Risks 'Catastrophic' Conflict, Henry Kissinger Warns" *Newsweek*, March 26, 2021, https://www. newsweek.com/endless-us-china-contest-catastrophic-conflict-henry- kissinger-1579010.

المتحـدة الأمريكيـة ولم يكـن مرتبطاً بالاقتصاد العالمـي. أمـا الجانـب الثـاني فهـو أن الوضـع الحـالي أخطـر بسـبب توافـر «الـذكاء الاصطناعـي وأسـلحة المسـتقبل» إلى جانـب الأسـلحة النوويـة[115]. لذلـك لا يسـتطيع أي مـن البلديـن تحقيـق النصر في حـرب شـاملة أو تدمـير الآخـر، وبالتـالي يجـب عليهـما وعـلى المجتمـع الـدولي إيجـاد طريقـة جديـدة كليـاً للتعايـش.

وهكـذا فـإن كيسـنجر وبريجنسـكي يريـان نُـذُر مسـتقبل محفـوف بالمخاطـر، وذلـك بالاعتـماد عـلى خبراتهـما في قيـادة المؤسسـات الأمريكيـة في حقبـة تنافـس القـوى العظمـى في الماضي. ومثلـما توقـع بريجنسـكي نشـوء الكتلتـين المتنافسـتين الجديدتـين اللتـين تتشـكلان اليـوم، مما يسـتدعي اسـتخدام «مهـارات جيوسياسـية» أكبر، أكـد كيسـنجر عـلى المخاطـر غـير المسـبوقة للـذكاء الاصطناعـي في عـالم منقسـم عـلى نفسـه. فمـن الحكمـة أن ينظـر القـادة في الولايـات المتحـدة الأمريكيـة والصـين إلى التاريـخ والواقـع الجديـد للـصراع بـين القـوى العظمـى، لأن عواقـب مواصلـة المسـار الحـالي نحـو المواجهـة سـتكون كارثيـة ليـس للبلديـن فحسـب، بـل للعـالم كلـه.

---

115 . Ibid.

نبذة عن المؤلفين

د. ستيفن بلاكويل

يعمـل د. سـتيفن بلاكويـل محلـلاً وباحثـاً وكاتبـاً، ولديـه خـبرة مهنيـة تتجـاوز الــ 20 عامـاً عمـل خلالهـا في عـدد مـن مراكـز البحـوث والمؤسسـات الأكاديميـة والإعلاميـة. وقـد نُشر لـه كتـاب تحت عنـوان «التدخـل العسـكري البريطـاني والكفـاح مـن أجـل الأردن: الملـك حسـين، وعبـد الناصـر وأزمـة الـشرق الأوسـط، 1955-1958»، إضافـة إلى عـدة مقـالات صحفيـة وفصـول في بعـض الكتـب. كـما كتـب في قسـميْ مقـالات الـرأي وتحليـل الأخبـار بصحيفـة "ذا ناشـيونال"، والتـي تصـدر باللغـة الإنجليزيـة في أبوظبـي. عمـل د. بلاكويـل سـابقاً في وظيفـة باحـث لـدى مركـز الإمـارات للدراسـات والبحـوث الاسـتراتيجية في أبوظبـي. كـما عمـل، قبـل انتقالـه إلى الإمـارات العربيـة المتحـدة، مديـراً لبرنامـج الأمـن الأوربي في المعهـد الملـكي للخدمـات المتحـدة في لنـدن، ومحـرراً للتقييمـات الأمنيـة لـدى مجلـة جينـز العسـكرية، ومحـاضراً في الكليـة الجامعيـة – لنـدن، وجامعـة أبيريسـتويث حيـث أكمـل أيضـاً رسـالته للدكتـوراه عـن «سياسـة الدفـاع الأنجلو-أمريكيـة في الـشرق الأوسـط، 1957-1962".

د. جاستين بي داير

يعمـل الدكتـور جاسـتين بي دايـر أسـتاذاً للعلـوم السياسـية في جامعـة ميسـوري، وهـو المديـر المؤسـس لمعهـد كينـدر للديمقراطيـة الدسـتورية. كـما أنـه متخصـص في الفلسفة الأخلاقيـة والسياسية، والفقـه القانـوني، والقانـون الدسـتوري، والفكـر السـياسي الأمريكي بالتركيـز على فلسـفة القانـون الطبيعـي. ألَّـف الدكتـور دايـر وحـرر العديـد مـن الكتـب: مـن بينهـا كتـاب "القانـون الطبيعـي والعُـرف الدسـتوري المناهـض للعبوديـة"، وكتـاب "العبوديـة والإجهـاض وسياسـة المدلـول الدسـتوري"؛ وكتـاب "سي. إس. لويـس وأفكـاره في السياسـة والقانـون الطبيعـي"؛ و"دليـل لدسـتور ميسـوري"، وكتـاب "القانـون الدسـتوري الأمريكـي".

د. جيمس إيه راسل

يعمـل الدكتـور جيمـس إيـه راسـل أسـتاذاً مشـاركاً في قسـم شـؤون الأمـن الوطنـي بكليـة الدراسـات العليـا البحريـة في الولايـات المتحـدة الأمريكيـة، حيـث يدرِّس مـواد: السياسـة الخارجيـة الأمريكيـة في الـشرق الأوسـط، والابتـكار العسـكري، واسـتراتيجية الأمـن الوطنـي. وقـد نُشـرت مقالاتـه وتعليقاتـه في العديـد مـن الوسـائط الإعلاميـة والأكاديميـة في جميـع أنحـاء العـالم. وتشـمل أحـدث

المقـالات التـي كتبهـا كلاً مـن: "المملكـة العربيـة السـعودية: الأبعـاد الاسـتراتيجية لانعـدام الأمـن البيئـي" (في ميـدل إيسـت بوليـسي، المجلـد 28، العـدد 2، صيـف 2016)؛ و"التخفيضـات النوويـة واستقرار الـشرق الأوسـط: تقييـم التأثيـر المترتـب عـلى ترسـانة نوويـة أصغـر" (في نونبروليفريشـون ريفيـو، المجلـد 20، العـدد 2، صيـف 2013: 268-263)؛ و"الأسـلوب الأمريـكي في مكافحـة التمـرد: النظـر في ديفيـد بترايـوس وحـروب القـرن الحـادي والعشريـن غيـر النظاميـة" (في سـمول ووورز آنـد إنسـيرجنسي، المجلـد 25، العـدد 1، 2013: 90-69).

وتشـمل أحـدث كتبـه: التكيـف العسـكري في أفغانسـتان (محـرر) بالاشـتراك مـع ثيـو فاريـل وفرانـز أوسـينغا (بالـو ألتـو، كاليفورنيـا: مطبعـة جامعـة سـتانفورد، 2013)؛ و"الابتكار والتحـوُّل والحـروب: العمليـات الأمريكيـة لمكافحـة التمـرد في محافظتـيْ الأنبـار ونينـوى في العـراق، 2005-2007" (بالـو ألتـو: مطبعـة جامعـة سـتانفورد، 2011). ويحمـل كتابـه المرتقـب، الـذي سـيصدر قريبـاً عـن مطبعـة المعهـد البحـري، عنـوان: "الابتكار البحـري والاسـتراتيجية البحريـة". تقلّـد الدكتـور راسـل بيـن عامـي 1988-2001 مناصـب عديـدة في مكتـب مسـاعد وزيـر الدفـاع لشـؤون الأمـن الـدولي، الـشرق الأدنـى وجنـوب آسـيا بـوزارة الدفـاع. وسـافر كثيـراً خـلال تلـك الفتـرة في منطقـة الخليـج العـربي والـشرق الأوسـط ضمـن عملـه في السياسـة الأمنيـة الأمريكيـة. حصـل الدكتـور راسـل عـلى درجـة الماجسـتير في الشـؤون العامـة والدوليـة مـن جامعـة بيتسـبرغ، وعـلى الدكتـوراه في دراسـات الحـروب مـن جامعـة لنـدن.

د. يوسي ميكلبيرغ

يعمـل البروفيسـور يـوسي ميكلبيـرغ مستشـاراً وباحثـاً مقيمـاً لـدى تشـاتام هـاوس ضمـن البرنامـج الخـاص بمنطقـة الـشرق الأوسـط وشـمال أفريقيـا. كـما يعمـل أسـتاذاً للعلاقـات الدوليـة في جامعـة ريجنـت - لنـدن. وهـو أيضـا أكاديـمي مرمـوق درس في كليـة الدراسـات الشرقيـة والأفريقيـة في كينغـز كوليـدج - لنـدن، وكليـة الدفـاع التابعـة لـ حلـف شـمال الأطلسي في رومـا. ونُـشر لـه العديـد مـن الإصدارات حـول موضوعـات مـن ضمنهـا قضايـا الأمـن في الشـرق الأوسـط، وسياسـات الولايـات المتحـدة الخارجيـة والمحادثـات الدوليـة. يشـارك البروفيسـور يـوسي ميكلبيـرغ بمقـالات منتظمـة في عـدد مـن المنابـر الإعلاميـة بمـا فيهـا في الوقـت الحـالي جريـدة أراب نيـوز وقبلهـا أسـهم بمقـالات في كل مـن العربيـة (نـت)، والغارديـان، والاندبندنـت، ونيوزويـك. كـما سـبق لـه العمـل معلقـاً لـدى عـدد مـن القنـوات الإخباريـة بمـا فيهـا قنـاة بي سي إن الإخباريـة، وسي إن، وسـكاي نيـوز، ودي دابليـو، وفرانـس 24، وصـوت أميركيـا، وراديـو فـري أوروبـا. دُعـي البروفيسـور يـوسي

كذلـك لتقديـم المشـورة لـوزارة الخارجيـة البريطانيـة، وإدارة التنميـة الدوليـة، ووزارة الخارجيـة الأمريكيـة إلى جانـب مجموعـة أخـرى مـن المنظمات الدوليـة، وعـدد مـن رواد الأعـمال الدوليين.

د. تشينج لي

يعمـل الدكتـور تشـينج لي مديـراً وباحثـاً أول في مركـز جـون ثورنتـون في الصـين التابـع لمؤسسـة بروكينجـز. وهـو أسـتاذ مميـز في كليـة مونـك للشـؤون العالميـة والسياسـات العامـة التابعـة لجامعـة تورونتـو أيضـاً. وقـد ألـف كتابـاً جديـداً بعنـوان «الطبقـة الوسـطى في شـنغهاي تعيـد صياغـة الحـوار الأمريكـي- الصينـي» (مايـو 2021)، وقـام بتحريـر كتـاب «شـباب الصـين: زيـادة التنـوع مـع اسـتمرار عـدم المسـاواة» لمؤلفـه لي شـونلينج الـذي سيُنشر عـما قريـب ضمـن سلسـلة «تشـاينا ثينكـر» الصـادرة عـن مؤسسـة بروكينجـز.